KB071796

만들어져 가는 인생
어떻게 살 것인가?

도익성 지음

도서출판 청어

만들어져 가는 인생 어떻게 살 것인가?

도익성 지음

발행처·도서출판 **청어**
발행인·이영철
영 업·이동호
홍 보·최윤영
기 획·천성래 | 이용희
편 집·방세화
디자인·김바라 | 서경아
제작부장·공병한
인 쇄·두리터

등 록·1999년 5월 3일
(제321-3210000251001999000063호)

1판 1쇄 인쇄·2016년 7월 1일
1판 1쇄 발행·2016년 7월 10일

주소·서울특별시 서초구 효령로55길 45-8
대표전화·586-0477
팩시밀리·586-0478

홈페이지·www.chungeobook.com
E-mail·ppi20@hanmail.net
ISBN·979-11-5860-423-3(03810)

이 도서의 국립중앙도서관 출판시도서목록(CIP)은 서지정보유통지원시스템 홈페이지(http://seoji.nl.go.kr)와 국가자료공동목록시스템(http://www.nl.go.kr/kolisnet)에서 이용하실 수 있습니다.(CIP제어번호: CIP2016015404)

만들어져 가는 인생
어떻게 살 것인가?

수컷의 기운이 떨어지니 세상이 바르게 보인다

광의적인 해석을 한다면 사람도 포유동물의 한 종류로 구분된다. 모든 생태계를 보면 암컷과 수컷의 본능과 특징과 역할이 각각 다르다. 구약성경 창세기 3장 16절에는 하나님께서 여자에게 하신 말씀이 쓰여 있고, 17절에는 남자에게 하신 말씀이 쓰여 있다. 여자에게는 잉태하는 고통을 주며 자식을 낳을 것이며 남편을 사모하고 남편의 다스림을 받으라하셨고, 남자에게는 너는 종신토록 수고하며 그 소산을 먹으라고 하셨다.

세상에서 일반인이 느끼는 것은, 남자는 적극적이고 도전적이고 충동적이며 전쟁에 나가고, 힘써 소득을 창출하는 것이다. 또한, 여자는 방어적이고 모성애를 가지며 사랑하는 사람에게 희생을 한다고 생각한다. 학교에서는 수컷의 본능은 종족번식이고, 암컷의 본능은 우성형질의 확보라고 가르친다. 종족번식이나 우성형질의 확보란 학술적으로 학생들에게 가르치기 위한 고상한 단어를 사용하고 있다. 하지만 우리 말 속담에 나오듯 치마만 입으면 접근하려 하는 것이 수컷이고, 그런 수

컷들 중 나를 안전하게 보호해 줄 수 있다면 즉, 힘의 원리에서 다른 이 보다 강한 힘을 가진 자를 잘 골라내려고 하는 것이 암컷이다. 모든 인간이 수컷과 암컷이라는 지극히 이분법적으로 구분되는 것이 마땅치 않았는지 유니섹스라는 말도 나왔다. 유니섹스란, 남녀를 구분할 수 없는 형태의 외모를 갖추어 다니는 사람을 일컫는다.

세상사를 바라보면 암수가 만나 한 가정을 이루고, 그것으로 인한 성적인 대결로 인해 세상이 무척이나 시끄럽고 어수선하다. 본능만을 생각한다면, 도전적이고 적극적이고 종족번식의 특징을 가지고 있는 남자들이 환경적으로 실수와 실패의 경험을 한다. 그리하여 인간사도 바라보면 나이가 먹으면 먹을수록, 남자들이 여자들 앞에서 점점 입지가 작아지는 것을 많은 가정에서 볼 수 있다. 젊은 날엔 힘이 앞서서 여자를 이긴 듯하였으나, 남자가 나이를 먹으며 남자의 본능이 점점 줄어들다보면 모순 덩어리로 살아온 것들을 많이 되돌아보게 된다. 본능적으로 실수를 할 수밖에 없는 것이 남자들의 속성 같다. 이로 인해 인생의 생사화복과 희비가 너무 빈번하게 일어나곤 한다.

어느 유명한 대학교수가 자기 일생에 가장 행복할 때가 65세에서 75세 사이라고 말하는 것을 들었다. 처음에는 그 말에 의아하였으나 곰곰이 생각해보니, 그 교수의 말이 진실한 고백임을 느끼게 되었다. 남자 나이 65세란 부양할 가족도 거의 자립한 상태여서 정신적으로도 책임과 의무에서 많이 벗어난 상태인 듯하다. 또한 육체적으로도 체력이 많이 소진되어, 도전적이거나 적극성도 적절히 형평을 이룰 나이이다. 그리고 이성에 대한 성적욕구도 많이 퇴화되어, 옛날처럼 예쁜 여자를 보아도 설레는 마음이 훨씬 줄어든다. 또한 고개를 돌려 뒤돌아 쳐다볼 충동도 점점 없어지는 것 같다. 그러다 보니 더하지도 않고 덜하지도 않은 세상을 관조할 수 있는 여유로운 마음을 가질 수 있게 되어서 세상이 바르게 보이니 후배들에게 잘잘못하는 처신에 대해서도 한 마디 해줄만하다.

이 나이 때에는 자기의 영혼에 대해서도 한번쯤은 생각해볼 수 있는 시공간이 있을 것 같다. 그래서 사람들이 퇴직 후에는 어떤 이유든 종교시설에 자주 가곤 한다. 물론 살 날이 산 날보다 짧으니 한번쯤 과거와 현재와 미래를 생각해 볼 수도 있다. 나이를 먹고 살아간다는 것이 그렇게 만만한 것이 아니고, 참으로 엄중하고 또한 정확한 질서가 되어 있다는 것을 실감하게 되었다. 나도 나이가 먹어서 60대 중반을 넘어가니 10~20년 전에 비해 덜 도전적이고 덜 욕심 부리고 이제는 균형이 잡힌 삶을 추구하게 된다. 또한 적절한 때부터 종교에 관한 공부를 해볼 계획이다.

첫 번째 책과 마찬가지로 내 자식들과 젊은 세대들이 읽고, 살아가는 과정 중 시행착오를 줄이는 데 도움이 될 수 있기를 바란다. 내가 살아오면서, 또는 살아온 후 깨닫게 된 많은 것들을 미리 알게 된다면, 그래서 준비하는 마음으로 인생을 지혜롭게 살아갈 수 있게 된다면 더 할 나위 없이 좋겠다.

두 번째 책을 출판함에 있어 바쁘신 와중에도 틈을 내어 주도적인 역할을 해주신 임정은 소장님, 둘째딸 도현진과 청어출판사 이영철 사장님께 감사를 드린다.

노을이 비껴가는 서재 창가에서
도익성

Contents

1부 適材適時

(Timely Person : 젊은 날에는 내 의지대로 세상을 이끌어 간다)

01장 무엇이 나를 존재하게 하는가?(자기관리)

02장 성공하고 싶은가?(교육)

03장 어떻게 돈을 대할 것인가?(돈)

04장 양(陽)이 절대로 음(陰)을 이길 수가 없다.(사랑, 결혼 그리고 일)

2부 適時適材

(Timely Person : 나이 먹으면 때가 나를 이끌어간다)

05장 무엇을 조심할 것인가?(대인관계)

06장 원칙에서 흔들리지 마라!(균형감각)

07장 사업이란 사업할 사람만 하는 것이다.(사업)

08장 모든 것은 여기서부터 시작한다!(가정과 부모형제)

09장 겁(劫)을 준비하라!(종교)

1부
適材適時 Timely Person

– 젊은 시절에는 사람이 우선이고
운명과 숙명은 이를 뒤따라가는 것이다

자기관리自己管理

무엇이 나를 존재하게 하는가?

Self Management

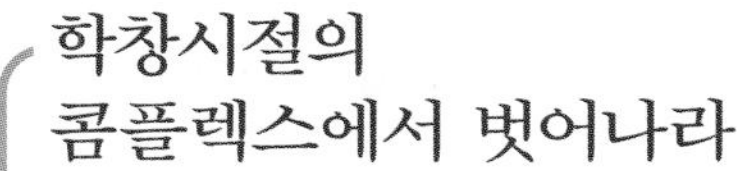

학창시절의 콤플렉스에서 벗어나라

001

무엇이 나를 존재하게 하는가?

초등학교, 중학교, 고등학교 시절, 항상 전교 1등을 하고, 마침내 일류 대학에 입학하여 친구들로부터 부러움의 대상인 친구가 있다. 공부를 워낙 잘하다 보니 건달기가 있는 친구들도 그만큼은 귀찮게 하지 못 했다.

그는 60세 가까이 나이를 먹은 지금도 친구들끼리 만나면 학창 시절, 공부 잘했던 이야기를 한다. 술자리에서도 역사적인 상식과 동네 이름까지 기억해 내면서 이야기를 하는 통에 듣는 사람들은 그의 기억력과 함께 그가 일류 대학 출신이라는 것에 기가 살짝 죽는다.

TV에서 나이 든 유명인사 한 분이 지금이라도 일류 대학 미달학과라도 있으면 응시해서 학적을 바꿔놓고 싶다고 말하는 것을 들은 적이 있다. 그만큼 사회생활 중에서도 학력에 대한 주위의 시선과

편견이 심하다는 증거이다.

감수성이 예민한 청소년기에는 공부를 썩 잘하지 못하는 경우, 학교 성적에 대한 열등감이 있고, 그것은 꽤 오래간다. 학창시절의 부진한 성적은 학교를 졸업한 후에도 열등의식으로 잠재하게 된다. 열등의식은 본인도 모르게 피해망상을 가져다주고, 삶의 열정을 식히는 커다란 장애요인이다.

'학교 때 우등생이 사회에서는 열등생'이라는 말이 있다. 과거에 공부를 잘했다는 것이 자랑거리임에는 분명하다. 다만 인생 전체를 생각할 때 그 한 대목만을 크게 내세울 일은 아니라는 것이다. 마찬가지로 상대적으로 공부 때문에 콤플렉스를 가지고 있던 사람이라 하여 그것 때문에 두고두고 기죽을 일도 아니다. 실로 인생 승패의 요인은 많고 많은데, 학창 시절의 성적표에 매여 있을 필요는 없다는 뜻이다. 문제는 청소년 시절의 성적 때문에 갖게 된 열등감을 어떻게 치료할 것인가 하는 것이다.

공부를 잘했다는 것은 조물주가 인간에게 부여할 수 있는 여러 가지 능력 중 하나를 그 사람에게 주셨다는 뜻이다. 설령 자신이 공부 잘하는 능력을 가지지 못 했다 하더라도, 다른 분야에서 발휘할 수 있는 능력을 받았음이 분명하다.

정주영 회장은 초등학교 밖에 나오지 못했고, 김대중, 노무현 전(前) 대통령은 상업고등학교를 졸업했다. 그러나 그들이 사회적으로 이루어 놓은 업적은 일류 대학 출신의 어느 누구보다 뛰어나다는 것을 부정하는 사람은 없다. 그것만 보아도 공부를 잘해야 재벌이 되고 대통령이 될 수 있는 것은 아니라는 것이 입증되었다.

어느 지인의 집에 가면 일류학교 졸업장과 상장을 액자에 넣어 거실 벽에 걸어두고 방문객이 다 볼 수 있도록 해놓았다. 또 다른 지인 사무실에는 출석하고 돈만 내면 다닐 수 있는 최고 경영자 과정, CEO 과정의 수료증과 졸업장 등이 전시하듯 걸려있는 것을 볼 수 있다. 그렇게 해서라도 청소년 시절의 콤플렉스가 풀릴 수 있다면 다행이다. 그러나 이렇게 자기 우월성을 표현하면서도 사람답지 못한 행동, 황폐한 속마음, 자기 중독, 비열한 심성 등, 인격적으로 부족한 사람들이 의외로 너무 많다.

중학교 동기 중 전교에서 1, 2등을 했던 친구가 있는데, 그는 졸업 후 한 직장에 2, 3년을 꾸준히 다니면서 일을 해본 경험이 없다. 지금도 그의 부인이 공장의 공원(工員)으로 일해 생활하고 있는데, 자신은 돈벌이는 하지 않고 날마다 빈둥거리며 지낸다. 그런 처지에 있으면서도 다른 친구가 돈을 내는 술자리에서 하는 그의 말은 우리를 슬프게 한다.

"학교 다닐 때, 시험 때마다 내가 저 친구, 커닝 시켜주었어."

어린 시절의 콤플렉스에서 벗어나자!

과거가 아닌 현재를 살아가면서 사회와 다른 사람을 위하여 얼마나 일했느냐가 인생 성공과 실패의 기준이 된다.

그 방법은 열심히 일하여 돈 벌고, 남과 나를 위하여 멋있게 쓰는 것이다.

인생이란 여러 마디 말이 필요 없다.
목표와 꿈을 가지고 열심히, 의연하게 살아가는 것이다.
당신의 성공을 빈다!

젊음을 핑계로 방종하지 말라

002

무엇이 나를 존재하게 하는가?(자기관리)

젊은이들에게는 옳던 그르던 사회를 바라보는 비판의식도 있고 힘과 열정이 있어서, 여차하면 그것이 과격한 행동으로 표출될 가능성이 있다. 젊었을 때 한두 번의 잘못은 병가지상사(兵家之常事)라 하여 많은 이해와 용서가 되곤 했다. 마흔 살이 되어도 철이 들려면 아직 멀었다는 말을 듣는 사람들도 많다. 그런데 이제 겨우 십 대나 이십 대의 젊은이들에게 철이 다 든 사람으로 행동하기를 바랄 수가 있겠는가? 젊은 시절 한두 번의 실수를 용서하지 못한다면 그 또한 나이 먹은 사람들의 옹색한 자존심 내지는 고정관념의 소산이라 말할 수 있겠다. 그렇다고 해서 젊었을 때의 잘못을 무조건 다 아량을 베풀어 용서하자는 말은 아니다.

젊은 사람들은 사업을 한두 번 망해도 제기할 수 있는 시간이 있으므로 다시 도전할 수 있으니 그다지 큰 문제가 되지 않을 수 있다. 그러나 그보다 더 심각한, 혹은 도를 넘는 실수를 저지른다면, 평생을 거기에 발목이 잡힌 채 어려움을 겪으면서 살게 된다. 내 주변의 몇몇 친구 또는 손아래 후배들의 경우가 그렇다. 그들 중에 우리나라 일류 대학을 다니던 시절, 반(反) 정부 시위를 했던 후배가 있다. 그는 다른 학생들보다 더 심하게 과격한 시위를 하였는데, 그 기록이 평생 따라다니는 바람에 원하는 일을 하지 못한 채 무위도식(無爲徒食) 하는 처지가 되었다.

한 지인은 혈기 왕성하던 젊은 시절, 친구들과 어울려 패싸움을 하면서 흉기를 들었다는 이유로 형무소에 있다가 나왔다. 그 전과 기록 때문에 평생 동안 제대로 된 직장생활을 하지 못하고 있다. 3년을 꼬박 군 생활을 해야 했던 우리 때와는 달리, 만 2년도 안 되는 군대 생활을 하기 싫어서 부정행위를 하여 군 면제를 받는 사람들도 많다. 결국 그 병역비리의 사실이 드러나 사회적으로 시끄러워지는 경우도 종종 있지 않은가.

젊은 한순간, 어느 정도의 범위 내에서 실수를 한다면, 그것은 용서를 받을 수도 있다. 그러나 그 도를 넘어 방종에 가까운 행위를 하면, 그것은 용서받기도 힘들 뿐만 아니라, 그 기록이 가는 곳마다 들고 일어나 장래가 막히게 되는 것이다. 인간의 미래는 어떻게 될 것인지 알 수 없다.

옛 어른들 말씀이 사람은 열 번을 바뀐다고 하였다. 젊었을 때, 공부는 하지 않고 싸움을 일삼고 놀러만 다니던 사람들도, 결혼을 하고 처자식을 먹여 살려야 한다는 책임감을 갖게 되다 보니 생활태도가 180도 바뀐 사람이 한두 사람이 아니다. 이런 사람들이 나중에 더 큰일을 하고자 하여도, 과거의 과오가 다 노출되어 자신의 뜻을 펼치기가 쉽지 않다. 훗날 그 일에 대하여 변명을 하고 용서를 구하고자 하나 그리 쉬운 것이 아니다.

특히 다혈질 성격을 가지고 있는 사람들은 극히 자신을 통제하고 잘못을 저지를 수 있는 상황으로부터 멀리 떨어져 있어야 한다.

젊음을 핑계로 방종하지 말라. 훗날 이것이 너의 앞길을 막을 것이다.

멍청하게 일하는 것보다 더 어리석은 것은 없다

003

무엇이 나를 존재하게 하는가?(자기관리)

젊은이들이 하는 말 중에, '멍청한 것은 용서할 수 있어도 못생긴 것은 용서할 수 없다'는 재미있는 말이 있다. 아름다움을 추구하는 마음은 젊은이나 나이 든 사람이나 다를 바가 없다. 허나 이러한 생각은 사람의 모든 가치를 외적인 모습에 두고 있는 데에서 출발한다. 구두를 만드는 사람은 모든 기준이 구두에서 출발하고, 양복을 만드는 사람의 기준은 양복에서 비롯된다고 한다. 너무 비약된 논리가 될 수도 있지만 사기꾼이든, 강도든, 살인자든 관계없이 양복이 멋있고, 구두가 반짝거리면, 남들 눈에는 언뜻 모두 교양 있는 신사와 숙녀로 보일 수도 있다.

'같은 값이면 다홍치마'요, '보기 좋은 떡이 먹기도 좋다'란 옛말도 있지만 역으로 '빛 좋은 개살구'라는 말도 있다. 조금만 더 세상을 살다 보면, '못생긴 것은 용서할 수 있어도 멍청한 것은 용서할 수 없다'는 삶의 지혜를 터득하게 될 것이다. 처녀, 총각들은 결혼 상대를 찾을 때 지혜롭고, 명철하고, 가치관이 바른 사람을 찾아야 한다. 몸매와 얼굴이 예쁘다고 지혜롭지 못한 사람과 결혼을 하고 나면, 몇 년 지나지 않아, 멍청한 사람과 평생을 같이 살아야 한다는 것이 고통이라는 것을 스스로 느낄 수 있게 된다. 우선 먹기는 곶감이 좋지만 나중에 배변의 고통은 먹은 사람의 몫일 뿐이다.

가까운 후배를 직원으로 고용한 적이 있었다. 일을 얼마나 열심히 하던지 학교 동문들은 그 후배가 회사의 일을 혼자 다 하는 것으로 알고 있을 정도였다. 말단 직원일 때는 열심히 일하는 것으로 충분했는데, 세월이 가고 나이가 들어 승진이 되었고, 자연히 그 밑에도 직원이 하나 둘씩 늘어났다. 그러나 이 후배는 직원이 할 일과 과장이 할 일을 구분하지 못하였고 오로지 열심히 하는 길만이 윗사람으로부터 인정받는 것으로 알고 있었다. 그러다 보니 그는 밑에 있는 직원들과의 팀워크(Team work)도 되지 않고, 시간이 지날수록 일의 능률은 고사하고 그의 밑에서 일하는 사람들까지 무능하게 되어 갔다.

나는 마음속으로 이 후배를 더 이상 상위직급으로 승진시킬 수 없다고 결정하였다. 우선 순위를 구분하지 않고, 닥치는 대로 열심히만 하면 결국은 조직에 큰 손해를 입히는 결과를 가져오게 된다. 어떤 것에 중독되다 보면, 자신이 무슨 일을 하는지도 모르는 채 멍청하게 하던 일만 계속하게 되는 것이다.

'손자병법'을 저술한 손자는 전쟁에서 전략과 전술도 없이 '죽기를 각오로 싸우는 장수'가 가장 실패한 장수라고 하였다. 장군 한 명 죽는 것도 작은 문제가 아니지만, 그를 따르던 수많은 부하들의 사기(士氣)와 생사 문제는 더 큰일인 것이다.

수시로 내가 하는 일에 대한 이유와 목적이 어디 있는지를 한 번씩 점검해 볼 일이다. 기업이나 개인이 사람을 선택할 경우에는, 밖으로 보이는 모습보다는 내재되어 있는 지혜와 명석함 그리고 행동이 바른 사람을 찾는다.

시간이 아니고 밀도가 중요하다

004

무엇이 나를 존재하게 하는가?(자기관리)

로비스트(lobbyist)나 브로커(broker)를 자처하는 자들과 사기꾼들은 힘 있는 사람과 절친하다는 것을 강조하여 말한다. 그 힘 있는 사람이 자신의 깨복쟁이 친구니, 학교 동창이니, 알고 지낸 지가 십수 년이 됐느니 하면서 자랑스럽게 너스레를 떨곤 한다. 이들이 사회지도층과 서로 사이가 돈독하다는 것을 유난히 강조하는 것은 자기 자신을 격상시키고 싶어서일 것이나 과연 그들의 말을 듣는 상대방도 그렇게 생각할까?

상대를 생각하는 마음이 서로 일치하는 것보다는 일치하지 않는 경우가 더 많다. 결국 알고 지낸 세월이 중요한 것이 아니고, 둘과의 관계가 더 중요한 것이다.

일 년 전쯤, 개인적으로나, 사회적으로나 어느 정도 성공했다고 인정받을 수 있는, 이름만 대면 누구나 알 만한 사람이 나이 80에 부인과 이혼한다는 기사를 읽었다. 속사정이야 어쨌든 그 기사를 읽고, 세상 사람들은 별의별 추측들을 쏟아냈다.

나는 사람들의 구설수에 오르락내리락하는 그의 사연에 대하여 다른 측면에서 생각해보았다. 세상 순리를 아시는 분이 그런 결정을 내릴 때까지는 얼마나 많은 고민을 했겠느냐는 것이다. 미루어 짐작하건대 지금까지 같이 살아온 부인과의 긴 세월도 중요하지만, 남은 인생의 짧은 세월도 중요하다고 생각한 후 내린 인고(忍苦)의 결정이었을 것이다.

예행연습, 리허설이 없는 인생, 한 번 흘러간 세월은 두 번 다시 오지 않는다. 우리 삶은 이런저런 피치 못할 연유로 인해 시간을 죽이면서 진행되는 것이다.

미국 사람들은 이런 것을 'Wasting time(시간을 내버린다)', 또는 'Killing time(시간을 죽인다)'라고 말한다. 우리 말에도 이와 비슷한 표현이 많다.

이것을 가벼이 생각 말고, 나의 생활이 혼란스러울 때 한 번 되씹어볼 가치가 충분히 있는 말이다.

사소한 것에 목숨 걸 정도로 연연하지 말고, 삶을 밀도 있게 지내자.

흘러가는 냇물도 아껴 쓰자고 하는데, 흘러가는 나의 인생을 아껴서 내용 있는 삶을 살아가자! 인생의 세월을 낭비하지 말자!

이질재(異物材)와 만날 때 긴장해야 한다

005

무엇이 나를 존재하게 하는가?(자기관리)

나는 한때 직원들 사이에서 귀신이라는 별명으로 불린 적이 있었다. 건설 현장의 직원들은 사장에게 보여주기 싫은 부분이 있으면, 그 부분을 천막으로 덮어 놓는다든지, 무엇인가로 가리거나 씌워놓곤 한다. 이런 행동 중에는 미관상 보기 흉한 것을 덮어놓으려는 의도로 하기도 하지만, 잘못된 부분을 들키는 것이 두려워 고의로 하는 경우도 있다. 그 중 나는 고의적으로 잘못을 감추려고 하는 자리만 가서 들춰보곤 했었다. 감추려고 한 자리만 짚어서 들추어내니 현장의 신참 직원들 눈에는 귀신처럼 보일 만도 했을 것이다.

하지만 내가 그런 부분을 짚어낼 수 있었던 것은, 대부분 그런 자리는 면과 면이 만나는 자리, 공간과 공간이 만나는 자리, 선과 선이 만나는 자리, 즉 이질 재료가 서로 만나는 자리이며, 그곳이 바로 점검할 대상이었기 때문이다.

그런 곳일수록 특히 주의를 기울이지 않으면 문제가 발생하기 마련이다. 다시 말하면 벽면과 천장이 만나는 자리, 타일이 끝나는 선에 미장이 만나는 자리, 콘크리트를 이어치기하는 자리, 이 모든 것들이 변화가 일어나는 장소이다. 항상 변화가 발생하는 자리를 주의깊게 시공하지 않으면 반드시 문제가 발생하게 되는 것이다.

세상의 모든 일들도 이와 똑같이, 변화가 일어나는 장소와 시점이 항상 성패(成敗)가 가름되는 자리가 된다. 중학교를 졸업하고 고등학교를 입학할 때, 대학교를 졸업하고 직장에 취업할 때, 이성(異性)을 만나서 결혼할 때, 하던 업무를 다른 업무로 변화시킬 때, 사업의 업종을 바꿀 때 등등…… 이런 경우를 만날 때일수록 신경을 곤두세우고, 모든 지혜를 다 짜내지 않으면 헤어나지 못할 수렁에 빠질 수도 있는 것이다.

변화가 일어나는 것들 중에 가장 긴장되는 순간이, 새로운 사람을 만날 때와, 무슨 일을 도모하고자 할 때에, 그때가 합당한지를 검토하는 시간이다. 그동안 몇 번 큰 실수를 하면서 깨닫게 된 것은, 세상의 모든 조화는 사람과 때가 결정짓는 법이라는 것이다.

과연 이 사람이 어떤 사람인지, 이 일에 합당한 사람인지, 내가 인생을 같이 논할 수 있는 사람인지, 양심이 바른 사람인지 알아볼 수 있어야 한다. 결국 사업을 시작하는 것도 사람이고, 완성도 사람이 해야 하기 때문에 좋은 사람과의 만남이 가장 중요하다 하겠다.

더욱 긴장하게 만드는 것은 실력 있고, 선하게 보이고, 말솜씨가 좋은 사람들, 이들의 근본적인 밑바닥 양심을 알아차리기가 쉽지 않다는 점이다. 이런 사람들과 사업을 할 때 가장 신중을 기하는 이유가 여기에 있다. 사람의 됨됨이는 지식, 외모, 학벌, 명예, 표정 등 이런 것과는 큰 상관이 없다는 것을 경험을 통해 알 수 있었다.

모든 여건이 갖추어졌다 해도 때(시간)를 잘못 선택하면 그것으로 모든 것이 망가지는 경우도 있다. 또한 여건이 좀 미비하더라도 때를 잘 선택하면 하고자 하는 일이 이루어지는 경우가 있는데, 이 '때'에 대한 식별이 쉽지 않아 고민하게 된다.

구더기 무서워서 장을 담지 못해서는 안 되는 것이지만, 구더기가 어떻게 번식하는가도 정신 차리고 지켜볼 일이다.

어쩌면 삶이란 인생의 수많은 변화 속에서, 선택의 순간에 직면하면서 자신의 한계를 넓혀가기 위해 끊임없이 노력하는 과정인지도 모른다.

남의 잘못도 끌어다 내 탓으로 삼자!

006

무엇이 나를 존재하게 하는가?(자기관리)

도로를 주행하고 다니다 보면, 이따금 뒤 유리창에 '내 탓부터'라는 문구를 붙여놓은 것을 보게 된다. 저 문구를 보고 얼마나 많은 사람들이 공감을 할까 생각해본다. 일부 사람들은 '그럼 나보고 부처님이 되란 말이냐?'로 오해할 수 있겠지만, 책임지는 것을 두려워해서 일이 생기면 일단 발 뺄 궁리부터 하는 요즘 세태에서는 한 번쯤 되새겨야 할 문구이다.

누구도 책임을 떠안고 싶은 사람은 없다. 우린 여기서 한 발 물러서서 조용히 생각해 볼 필요가 있다. 잠시 숙고해보면, 남을 탓한다는 것이 결과적으로는 앞으로 나아가지 못한 채, 그 자리에 정체(停滯)하도록 하고, 급기야는 퇴출(退出) 당하는 행동이라는 것을 바로 알 수 있다.

모든 잘못에 대하여 남을 탓한다는 것은 내 잘못은 없다는 것이다. 나는 그 문제에 있어서만은 완벽하다, 나는 잘못이 없으니 고칠 것도 없다고 주장하는 것이다. 발전이란 과거보다 더 좋은 효율, 능률, 개선 등을 뜻하는 것인데 고치고 수정할 것이 없으니 어떤 발전도 기대할 수 없다.

옆에서 보면 자기 잘못을 가지고 남 탓을 하고 있으니 그 사람의 검은 양심이 보인다. 또한 보고 있는 주변 사람들로부터 신뢰감이 떨어져 자연스럽게 도태되는 것이다.

남의 잘못도 끌어와, 내 잘못처럼 생각하는 사람은 주위 사람들한테 신뢰를 높일 뿐만 아니라, 자기 개선과 발전을 도모하는 데 도움이 된다.

내 탓으로 생각하는 습관은 남을 위한 것이 아니고, 나 자신을 위한 것이다.

덕망 있는 노(老) 교수께서 강의 중에 하신 말씀이 생각난다.

"모든 문제를 내 탓으로 생각하는 자는 인생을 성공하고,
모든 문제를 남의 탓으로 돌리는 자는,
평생 그 테두리를 벗어나지 못하는. 우물 안 개구리가 된다."

범사(凡事)에 감사(感謝)하라

007

무엇이 나를 존재하게 하는가?(자기관리)

젊은 날, 생기가 왕성하고 의욕이 넘칠 때는 세상에 못할 일이 없을 것 같았고, 그만큼 자신감이 하늘을 찔렀다. 고등학교를 졸업하고 대학에 두 번씩 떨어지다 보니, 세상살이가 의욕만 가지고는 안 된다는 사실을 알았다. 젊은 날의 그 좌절이 나를 가다듬는 첫 출발점이 된 것 같다.

서른을 갓 넘어 막다른 곤경에 빠진 적이 있었다. 눈을 감고 생각해보니 할 수 있는 것은 아무것도 없고, 나 자신이 정말 보잘것없는 인간이라는 자책감만 느껴졌다. 소리를 질러 도움을 청할 힘만 있어도 아직 막다른 곤경은 아니다. 동서남북, 위아래를 쳐다봐도 손 내밀어 볼만한 데가 한 곳도 없었다. 칠흑같이 어두운 절망 속에서 앞으로 살아갈 자신이 없을 때, 어느 누구도 이 음침한 골짜기에서 나를 건져 줄 수 없을 거라고 생각했을 때의 절망감과 외로움은 말로 형언할 수가 없었다.

그러한 경험 후로는 아무리 사소한 것이라도 어려웠던 시간들을 생각하며 감사할 뿐이다.

이른 아침에 산에 올라보면, 신선한 산 공기 속을 다닐 수 있다는 것만 가지고도 얼마나 감사하고 행복한 일인지 모른다.

꽃동네 홈페이지 첫 장에 "얻어먹을 수 있는 힘만 있어도 그것은 주님의 은총입니다."라는 문구가 가슴에 와 닿는다.

성경에 "범사(凡事)에 감사(感謝)하라."라는 말이 가슴속을 깊이 파고든다.

인생은 '일장춘몽(一場春夢)'이라 했거늘, 사람들은 왜 감사보다 구하는 바가 더 큰지 모르겠다. 사람들이 예배시간에 기도하는 내용을 들어보면 현재 생활에 감사하는 마음보다 현재 생활을 위하여 구(求)하는 바가 훨씬 더 많고 크다. 이는 잘못된 기도인 것이다.

하늘은 우리에게 욕심 부리지 않고 성실히 살면 무난히 살아갈 수 있는 기초적인 조건은 모두 주셨다.

나보다 더 많은 것을 갖추고 있고, 더 풍요로운 자와 비교하지 말자. 죽음을 앞둔 시점에서는 현세의 부귀영화가 무슨 의미가 있겠는가? 현재가 아닌 사후의 영혼을 사랑하자.

젊은 날, 기가 왕성할 때는 마치 하늘과 한 번 겨누어 볼 듯한 생각을 가지고 인간의 위대함을 논할 수 있다. 허나 세상의 이치를 조금 깨닫게 되면, 상상할 수 없이 넓은 우주 속에서 인간존재의 미약함을 느끼면서 저절로 신(神)에게 무릎을 꿇게 된다. 또한 자연의 품속에서 살아가고 있다는 것을 느낄 때는 그 넉넉함에 감사하지 않을 수 없었다.

쥐도 쥐도 끝이 없는 인간들이 더 달라고 기도를 하면, 준 것도 빼앗아갈까 봐 걱정이 된다. 작은 것을 줘도 고마워할 줄 아는 인간은 더 큰 것을 받을 자격이 있는 것이다.

신께서는 큰 소리로 주를 외치는 자의 기도보다, 아무도 보지 않는 골방에서 기도하는 자의 소리를 더 귀 기울여 들으신다고 했다.

다른 사람을 의식하며 큰 소리로 찬양하고, 공공장소에서 남이 보란 듯이 두 손 모아 기도하는 것보다는, 가슴 저 밑바닥부터 우러나오는 진실된 감정으로 부르는 찬양과 찬송이 주신 분에 대한 진정한 감사함의 표현이다.

만들어져 가는 인생

008

무엇이 나를 존재하게 하는가?(자기관리)

어린아이들은 종종 "너는 커서 무엇이 되고 싶니?"라는 질문을 듣는다. 그리고 그 질문에 군인, 대통령, 부자, 외교관 등으로 대답하며 그것을 꿈꾸면서 자란다. 젊은 날에는 어려운 일에 부딪히면 "운명아, 비켜라! 내가 간다!"라는 식으로 호기롭게 살기도 한다.

지금, 육십을 넘은 나이가 되어, 얼마나 내가 원하는 대로 살아왔는가 생각해 보면, 전혀 다른 방향으로 살아왔음을 느낀다. 주위 사람들한테 확인해본 바, 그들도 마찬가지였다.

대학시절엔 제일 싫어하는 미래의 직업이 건설회사 사장이었다. 또한 닮고 싶지 않은 사람은 아버지였다. 그런데 이제 돌아보니 제일 싫어하는 것만 골라서 지금의 내가 된 것 같다. 운명을 비켜서 얼마나 내 의지대로 살아왔는가?

원했던 인생은 언제부턴가 방향이 조금씩 틀어져 이제는 전혀 다른 모습으로 살아가고 있는 것이다.

이것을 두고 어떻게 인생을 원하는 방향으로 살아왔다고 할 수 있겠는가?

종교적 이론을 젖혀두고 여러 가지를 검토해 봐도, 이 우주를 포함하여 인간의 개인사까지 예정돼 있다는 것을 실제로 느낄 수 있다.

성경에서 사도 바울은 만세(萬世) 전부터 내가 택함을 받았노라 했다. 불가(佛家)에서는 전생에 3,000번의 인연이 있어야 옷깃을 한 번 스친다고 했다. 동서양의 주된 두 종교의 예정론(豫定論)을 뜻하는 대목들이다. 3,000여 년 전부터 전해 내려온 동양 사상의 명리(命理), 주역(周易), 원기론(元氣論) 등을 보아도 완벽하게 예정되었음을 짐작하게 한다.

인간이 신의 세계를 어떻게 정확히 알 수 있겠는가?

간혹 특별한 기인(奇人)들이 신의 세계를 문틈으로 조금씩 들여다보고 예언한 것을 우리는 들어보곤 했다. 신의 완벽한 계획을 알 수만 있다면 나의 미래도 알 수 있었을 터인데…… 여러 종교 지파들 사이에서도 예정론이냐, 아니냐를 두고 오랫동안 많은 논란이 있어 왔다. 성경, 불경 또는 어느 경전을 가지고 논하기 전에 예정론에 대한 진실은 우리의 일상사에서도 얼마든지 예측할 수 있는 것이다.

분명한 것은 내가 잘나고, 내가 열심히 해서 오늘의 내가 있는 것이 아니라는 점이다. 또, 내가 게으르고 멍청해서 힘든 게 아니고 알 수 없는 조물주의 뜻하신 바가 예정되어 있기 때문에 그러한 것이다. 그렇게 생각하면 피조물은 비참하다. 그러나 어쩔 수 없는 것이다. 비참한 생각 때문에 많은 종교인들이 진실을 외면한 채 오도(誤導)하려 한다.

어느 유명한 목사님은 인생의 70~80%는 모든 것이 예정되어 있고, 20~30%는 우리 자신의 노력 여하에 따라서 문제 해결을 할 수 있다고 한다. 기도하면 우리 문제의 20%는 하나님께서 해결해 주신다고 한다. 그러나 기도하는 것은 피조물이 지녀야 할 삶의 자세와 책무일 뿐이지 문제가 해결될지, 안 될지는 전혀 별개라고 생각한다.

우리는 우리의 미래가 어떻게 만들어질지 모른다. 유명한 철학자가 말했듯이, 내일 지구가 멸망한다 하더라도 오늘 한 그루의 사과나무를 심는 자세로 죽는 날까지 성실하게 사는 것이 우리의 의무이다.

진인사대천명(盡人事待天命)!

너는 무엇을 하다 왔느냐?

009

무엇이 나를 존재하게 하는가?(자기관리)

초등학교 때, 학교에 다녀오면 어머니께서 자주 물으시던 말씀이 생각난다.

어떤 공부를 했는지, 시험은 잘 봤는지, 선생님 말씀은 잘 들었는지…… 어머니 눈에 보이지 않은 시간 동안에 무엇을 했는지 궁금하여 이런저런 질문을 하셨던 것이다.

회사에서도 출장을 다녀오면 결과를 서면으로 작성하여 보고하는 출장복명서가 있다. 출장 중 언제, 어디서, 무엇을, 어떻게 하였는지 육하원칙(六何原則)에 의거하여 보고서를 작성하여 결제를 받는 것이다.

이와 같이 개인이나 조직이나 일정 시간 동안 공백이 있으면, 그 시간 동안에 무슨 일이 있었는지, 무슨 행위를 하고 다녔는지를 알고 싶어 하는 것이 보호자들, 혹은 관리자들의 궁금증이다. 행위에 따라서 꾸중, 또는 칭찬을 받는 것이 세상의 이치인 것이다.

우리 모든 인간은 일정한 기간, 즉 태어나서 죽는 날까지 인간 세상에 출장 나온 것과 같다. 인생이 끝나면 영(靈)의 세계로 되돌아가게끔 되어있는 것이다.

언젠가 죽은 다음 절대자에게, '너는 세상에서 사는 동안, 무슨 일을 어떻게 하다 왔느냐?'라는 질문을 받고, 살아온 삶에 대하여 복명(復命)해야 할 것이라는 생각이 든다.

살아오면서 '무엇을 했느냐?'보다 '어떻게 살았느냐?'가 더 중요하다는 생각을 하게 되었다. 얼마만큼 열심히, 진실되게 살아왔는가? 하는 것은 삶을 대하는 철학적인 문제이다.

다른 사람에게 피해가 가지 않는다면, 단 한 번밖에 살 수 없는 이 세상에서 인간사의 모든 희로애락(喜怒哀樂)을 겪으면서 살고 싶다는 생각도 하게 된다.

얼마 전, 그간의 사회생활을 하면서 무슨 일을 시도했었는지 종류별로 나열해본 적이 있었다. 거의 30종류에 가까운 일들을 하였다는 것을 알았다.

앞으로도 죽는 날까지 또 다른 어떤 종류의 일들을 계속하여 시도할 것이다.

옛 어른들께서 '죽으면 썩을 육신을 뭐 하려고 그렇게 아끼느냐'고

하시는 말씀을 들은 적이 있다.

인생은 도전의 연속으로 이어지는 시간의 흐름인 것이다.

한번 밖에 살 수 없는 인생, 주어진 시간 안에 최대의 열정과 지혜를 가지고 살 것이며, 놀 때는 활화산의 용암이 터지는 것처럼 놀고, 쉴 때는 업어 가도 모를 정도로 편한 휴식을 취하고, 그리고 죽은 후에,

"내게 주어진 시간을 정말로 사랑하면서, 열심히, 진실 되게, 살다 왔다."라고 하늘에 보고하고 싶은 것이 삶에 대한 나의 생각이다.

교육敎育

성공하고 싶은가?

Education

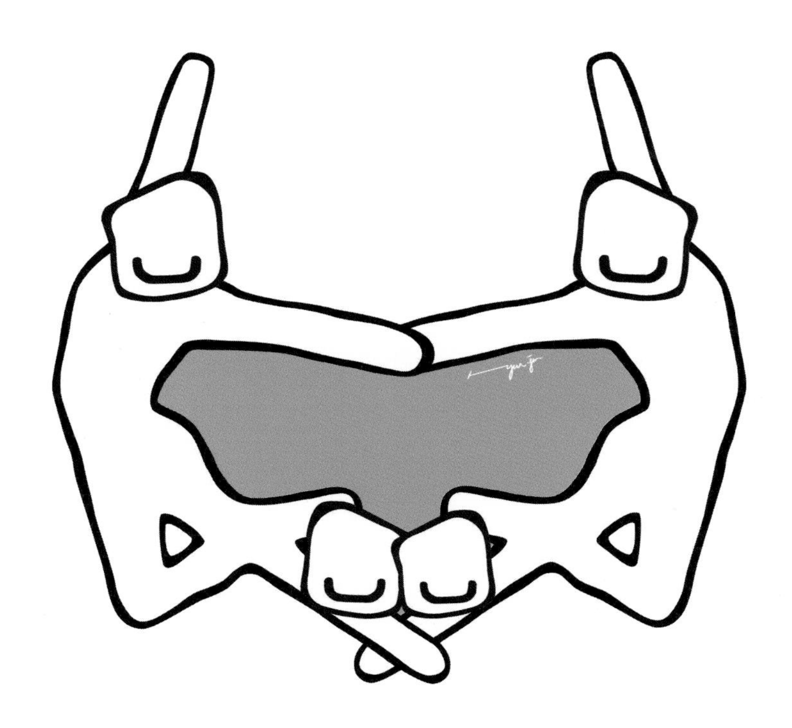

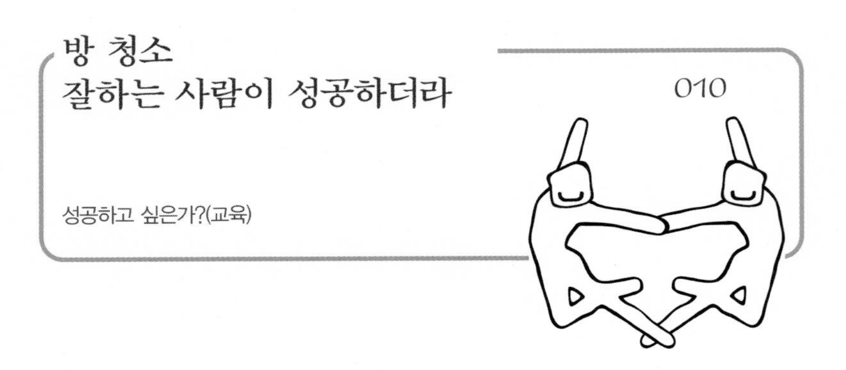

방 청소 잘하는 사람이 성공하더라

010

성공하고 싶은가?(교육)

4, 50년 전만 해도 거실, 식탁이라는 개념도 없었고, 대부분이 한 방에서 식사와 휴식, 수면까지 모두 해결하는 단독주택의 좌식 생활이었다.

대학 동창생 중 한 명이 앉은 자리에서 모든 일을 처리하는 사람이었다. 신문을 보고 나면 옆에다 밀어놓고, 밥상 받아서 밥 먹고, 그 다음에는 책을 읽고…… 이런 식이었다. 그것이 습관이 되어 그 친구 방은 항상 발을 디딜 곳이 없을 정도로 어질러져 있었다.

'그렇게 주위를 산만하게 해놓고 무슨 일을 할 수 있겠는가?', '그런 번잡스러운 주위 환경에서도 집중할 수 있는 특별한 뇌의 구조가 있는가?' 하고 생각해보기도 했다.

장학금을 타는 그의 우수한 성적과, 예리한 눈으로 시국에 대한 논평을 하는 그를 두고 주변에서는 천재적 기질이 있다고 칭찬을 했다. 그러나 내 생각은 달랐다. 그는 무슨 일이든 벌려만 놓고 마무리를 하지 못하곤 했다. 대부분 이런 부류의 사람은 맺고 끊음이 정확하지 않고, 일의 마무리를 제대로 하지 못한다. 결론적으로 정리하지 않는 버릇을 고치지 않으면 자신의 미래를 기대할 수 없다는 뜻이다.

'부자가 되려면 책상부터 치우라'고 하였다.

부자와 빈자의 책상 위의 차이는 너저분하느냐, 잘 정리되어 있느냐의 단순한 차이이다. 성공한 사람은 책상 위에 있는 연필 한 자루도 반듯하게 있지 않으면 참지 못한다고 한다.

주변 정리를 잘해야 한다. 단순히 눈으로 보이는 것만 말하는 것이 아니다. 보이지 않는 감정, 자존심, 사고 논리, 타인과의 관계성 등도 그렇고, 자신의 머릿속도 차분하게 정리해야 한다. 내 육신 안에 있는 뇌 속도 잘 정리정돈 시켜야 한다는 말이다. 안과 밖이 깨끗하게 잘 정돈되어 있으면 건강에도 좋다.

이렇게 하면 하늘을 보아도 떳떳할 것이다. 크기와 양이 중요한 것이 아니다.

작더라도, 깨끗하고 체계 있게 정리된 생활 태도에서 스트레스 없는 건강한 삶을 영위할 수 있다.

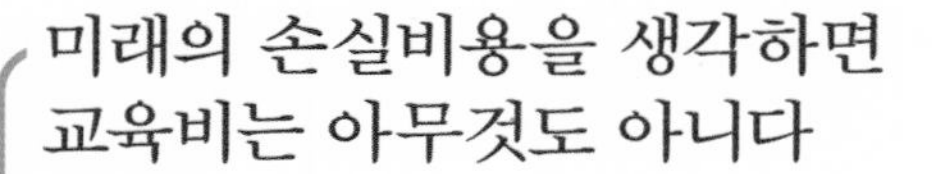

미래의 손실비용을 생각하면 교육비는 아무것도 아니다

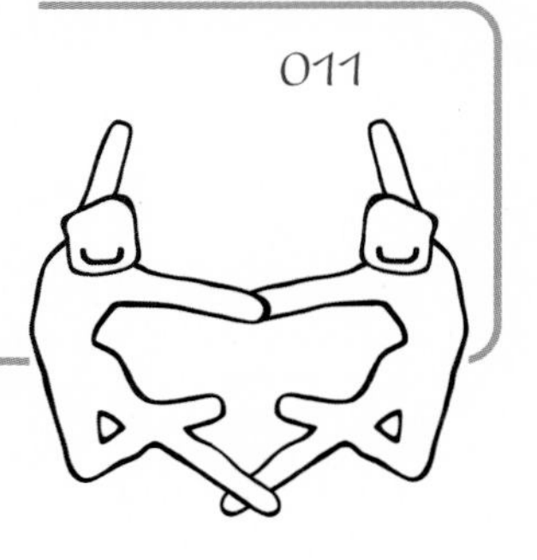

성공하고 싶은가?(교육)

20여년 전에 외국의 많은 자본가들과 선진국들은 개발도상국이나, 선진국 문턱에 막 들어서고 있는 우리나라 같은 곳의 산업과 금융 사업의 개방을 기다리고 있다. 이들이 기다림의 한계에 부딪히면서 세계화란 단어가 생겼는지도 모른다. 일단은 이 장벽을 뛰어넘어야만 세계를 헤집고 다닐 수 있으니까.

선진국의 자본과 기술이 들어오면 경쟁력이 생기고, 기술 발전도 생겨서 이익이 될 수도 있다. 그러나 만일 준비되지 못한 상태에서 들어오면 토종 기업을 비롯한 산업 전반에 막대한 피해를 가져올 수 있다.

어떤 사업이든지 사업을 실패한 후 뒤돌아 검토해보면, 그 이유는 여러 가지가 있겠지만 주된 이유는 한두 가지에 불과하다. 작은 부속 하나의 부실로 인하여 자동차가 전복되고, 작은 구멍 하나로 커다란 댐이 무너지듯, 평소 무관심하고 사소하게 여기던 문제로 인하여 기업의 부도(不渡)와 폐업 같은 불행한 미래가 결정되기도 한다. '그 하나만 조심했더라면, 그 하나만 더 준비했더라면……' 하고 후회해보지만 열차는 이미 떠났고, 모든 것이 끝난 상태가 된다. 그래서 후회는 늘 늦게 온다고 하지 않은가.

이러한 결정적인 문제를 보완하기 위해서는 배움과 교육이 필요하다. 가끔 평생교육이라는 소리를 듣는데 이 소리가 단순한 수식어로 들리지 않았으면 한다.

또한 이 시대는 맞춤형 인간을 요구한다.

가면 갈수록 전문화, 세분화, 조직화되어 가는데 여기에 합당한 사람이 되려면 기계보다 더 완벽하고 정밀해야 한다.

한 사람이 태어나서 성인이 된 후, 제대로 된 사회인이 되기까지 소요되는 비용은 실로 엄청날 것이다.

영아가 병원에서 태어나는 것을 시작으로 육아에 들어가는 비용뿐만 아니라, 성장하는 전 과정에 필요한 비용, 등록금, 주거비 등은 언뜻 계산해도 어마어마한 숫자로 가늠된다. 그러나 그 비용이 아무리 많이 들어간다 한들, 생산 활동에서 잘못 때문에 빚어지는 손실, 즉 보다 전문적인 지식이나 기술이 부족하여 발생되는 손실은 이와 비교할 수 없는 큰 금액일 것이다.

이 손실을 미연(未然)에 방지하려면 가정과 기업, 국가에서 여유가 되는대로 끝없이 교육의 기회를 넓혀가야 한다. 당장 자식의 등록금을 내지 않고, 과외비 지출을 하지 않으면, 또 자식이 돈을 벌어오면 좋을 수도 있다. 그러나 만물의 이치는 힘에 의한 질서 전개이다. 지식사회, 자본사회의 힘은 지식이고 돈이다.

선진 지식인은 엄청난 교육비로부터 만들어졌다.

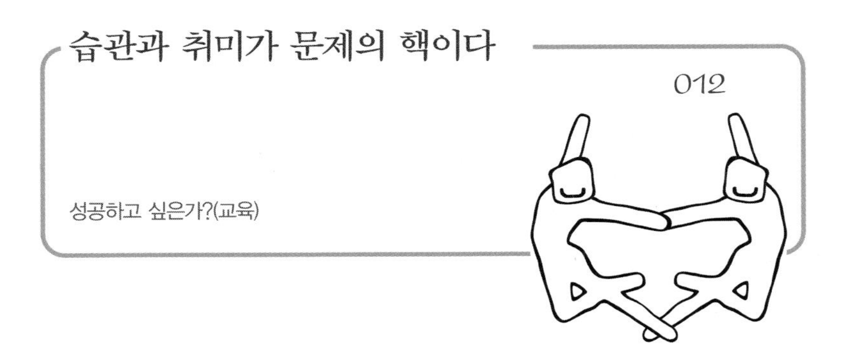

습관과 취미가 문제의 핵이다

012

성공하고 싶은가?(교육)

우리나라 부모같이 교육열이 높은 나라는 지구 상에 없다고 한다. 미국의 오바마 대통령이 공식 석상에서 한국의 교육열을 자주 언급하는 것을 보며 가슴 뿌듯한 적도 있었다. 하지만 그 이면에는 공부 때문에 찌든 한국 학생들의 비애(悲哀)가 보이기도 한다.

부모가 자녀들의 공부를 위해 할 수 있는 것은, 길은 알려주되 강요하지 않는 것, 나쁜 길로 빠지지 않도록 유도하는 것, 바로 이런 정도의 관심만 있으면 된다는 것이 내 생각이다. 목표와 꿈이 없는 아이에게 공부는 하기 싫은 노동과 같고, 고통스러운 일일 뿐이다.

대부분의 부모는 아이가 꿈과 목표를 가지고 스스로 갈 길을 찾고, 또한 찾을 수 있도록 격려하는 대신, 밤낮으로 아이에게 '공부해라'라고 강요하며 고통을 준다.

자식들이 공부를 잘할 수만 있다면, 부모는 수단을 가리지 않고 모든 방법을 다 동원한다. 어려운 살림에서도 수십만 원에서부터 수백만 원까지 들여가면서 과외수업을 시키기도 한다. 부모가 엄청난 경제적 부담을 감당하고도 자식이 뜻대로 되지 않으면 부모는 부모대로, 애들은 애들대로 고통을 겪는다.

나는 교육문제에 대해서만큼은 다음 두 가지를 말하고 싶다.

첫째는, 기다려야 한다는 것이다.

사람에 따라서 머리가 일찍 트이는 아이가 있고, 늦게 트이는 아이가 있다. 일찍 트이는 아이는 별 문제가 없다. 하지만 늦게 트이는 아이에게는 아무리 설명해도 알아듣지 못한다. 이런 아이들도 아무리 늦어도 고등학교 2, 3학년 정도가 되면 아주 빠른 속도로 이해력이 향상된다. 심지어 어떤 사람은 대학을 졸업한 후부터 공부의 맛을 알아 다시 불철주야로 공부하는 모습을 보기도 하였다.

부모들은 그때까지 기다릴 줄 알아야 한다.

두 번째는, 습관과 취미가 아이의 미래를 결정짓는 것임을 알아야 한다는 것이다.

자식들이 하기 싫어하는 것은 부모가 아무리 달달 볶아도 기대하는 결과가 생각처럼 좋을 수 없다는 뜻이다. 비싼 과외를 시키고, 꾸중하고, 혼내본들 무슨 소용이 있으랴. 가지 말라고 아무리 얘기해도 틈만 나면 부모님의 눈을 피해서 PC방과 유해업소에 가게 된다.

아이의 취미를 어떻게 하면 공부하는 쪽으로 바꿀 것이냐가 문제이다. PC방에 가는 것을 말리는 것보다, 책상에서 공부하는 것을 선택하도록 하는 것이 모든 문제를 해결하는 방법이다.

공부에 취미가 붙으려면 자기가 한 일에 대한 기쁨과 보람이 수반되어야 하는 것이다. 깨끗이 청소하면 내 마음도 깨끗해지는 것을 느낄 수 있고, 남을 도와 그가 기뻐하는 것을 볼 때 내 마음도 보람있고 기뻐지는 것이다.

이처럼 수학문제를 풀어놓고 그 답이 맞았을 때 맛보는 뿌듯함과 성취감을 느낀 아이는 공부를 좋아하게 된다.

일도 취미가 붙어 습관화가 되면 내 인생을 성공으로 이끌고, 공부도 취미가 붙어 습관화가 되면 1등을 할 수 있는 것이다. 인생에 있어서도 어디에다가 취미를 붙이고 습관화되느냐에 따라서 성공과 실패가 구분되는 것이다.

자식의 성공을 위해서는 기다림과 함께 자식의 능력과 자질을 고려한 습관 형성이 중요하다.

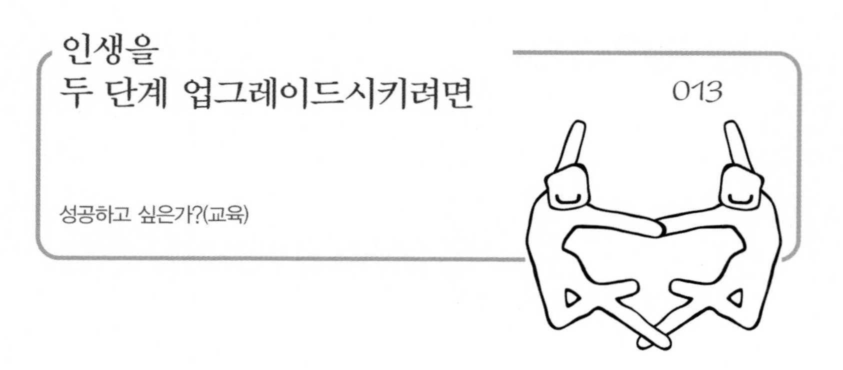

민주주의에서는 만인(萬人)이 평등하다는데 절대로 평등한 것이 아니다. 다만, 만인이 기회를 공유할 수 있는 기회균등(機會均等, Equal Opportunity)이 이루어질 수 있도록 노력하려는 제도가 있을 뿐이다. 인종차별을 하지 말라는 소리는 인종차별이 존재하고 있다는 소리다.

이 사회에는 눈에 보이지 않는 수많은 계층(階層)이 존재하고 있다. 어떤 잣대를 가지고, 어떤 단위로 구분할 것인가? 잴 수 있는 기준도 있고, 애매모호한 기준도 있을 수 있으나 분명한 것은 차등(差等)이 있다는 것이다.

명예, 재산, 건강, 아름다운 미모, 인지능력 등 여러 분야에서의 차등은 존재한다. 미국 사회의 흑인들은 가난한 집안에서 태어나면,

평생 동안 상류사회를 상상하지도, 쳐다보지도 않는다고 한다. 또한 인도의 카스트 제도는 태어날 때부터 원초적으로 차등이 주어져, 뼈를 깎는 노력 없이는 대부분 상위 계층으로 오르지 못한 채 평생을 살다 그 삶을 마쳐야 한다.

삶을 숙명처럼 안고 사는 사람은 발전이 없다.

새가 자신을 둘러싼 알의 껍질을 깨지 못하면 밖으로 나올 수 없듯이, 주어진 숙명의 굴레를 깨치고 나올 때 비로소 운명이 바뀌게 된다.

누구나 더 나은 미래에 대한 희망을 가지고 산다. 그러나 다른 사람들과 차별화되지 않으면 꿈은 꿈으로 끝나게 된다. 더 나은 발전을 원한다면 대가를 치러야 한다.

호기(好機)를 기다려 때가 오면, '이때다!'하고 과감한 도전정신과 개척정신을 가지고 모험을 해야만 한다. 운명은 그런 사람에게 기회를 준다.

자, 우리 용기를 가지고 세상의 가능성에 도전해 보자!

치열한 경쟁 사회에서 한 계단 오르는 것도 쉽지 않은데 한 번에 두, 세 계단을 오르려 한다면 목숨을 걸 정도로 대단한 모험과 개척정신, 그리고 뼈아픈 투쟁이 있어야만 한다.

과도한 책임의식은 병이다

014

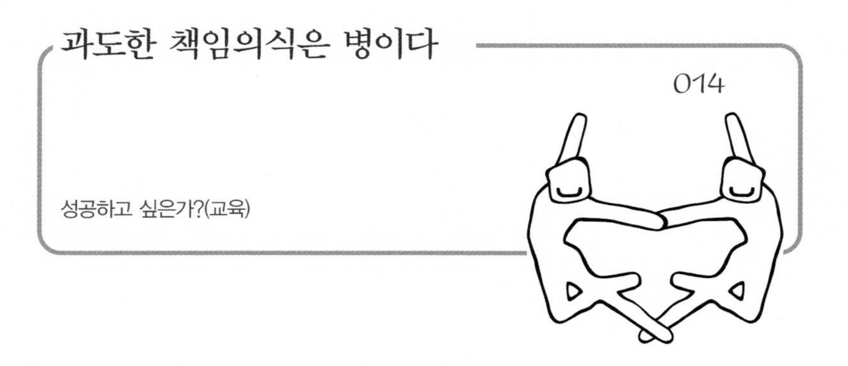

성공하고 싶은가?(교육)

현 노사 관련 법규를 사업장에 적용하다 보면 사용주와 근로자 간에 지켜야 할 것이 너무 많고 복잡하다. 또한 그 법규의 내용을 훑어보면 근로자가 지켜야 할 것보다 사용주가 지켜야 할 것이 훨씬 더 엄격하고 까다롭다. 급여체계만 보더라도 해당 분야의 전문적인 교육을 받지 않고는 도저히 계산하기도 힘들 정도로 복잡하다.

사용주 쪽에서는 근로자에게 주인의식을 가져달라고 수없이 말을 하는데, 주인의식은 고사하고 마땅히 가져야 할 책임의식조차 갖추지 못한 근로자의 모습을 자주 발견하곤 한다.

주인의식, 책임의식을 가져달라고 말하는 것은 우리 사회 전체에 퍼져있는 하나의 캐치프레이즈이다. 사회 각계각층에서 책임의식이 부족하여 발생하는 수많은 사안들을 지적하고 있고, 고위공직자들의 무책임한 발언과 행동이 언론의 기사로 자주 장식되곤 한다.

그런데 이와 정반대로 책임의식과 주인의식이 과도한 경우에 대해 지적한 예를 찾아보기는 쉽지 않다. 대다수의 사람들이 책임의식, 주인의식의 결여에 대해서만 생각하고, 책임의식의 과도함에 대해서는 의식하지 못하는 듯하다.

우리 가정사를 들여다보면, 과도한 모성애를 책임의식으로 생각하고 있는 어머니, 집안의 다음 세대를 이끌어야 할 책임을 가지고 있는 큰아들, 큰딸이 갖는 책임의식이 때로는 옳지 못하게 작용하는 것을 목격할 수 있다.

우리 주변에는 자식에 대하여 무한책임의식과 잘못된 소유욕을 가지고 있는 어머니들이 적지 않다. 그들의 잘못된 책임의식은 자녀들이 자생력과 경쟁력이 없는 존재가 되도록 만드는 폐해를 조장한다. 부모는 부모대로, 내 자식이니까 내가 원하는 대로 자라주기를 바라면서 강요하고, 자식은 자식대로 부모님이 원하는 대로 살아가는 것이 잘하는 것인 줄로 안다.

그리고 그것에 맞추다 살다 보면 장성한 이후에도 자기 정체성을 갖지 못하게 된다. 그러다 보니 대학을 졸업하고 취직시험을 보러 가는 데까지 부모가 따라다닌다는, 웃지 못 할 신문기사를 종종 보게 되는 것이다. 게다가 장성한 자녀들의 결혼 상대자를 놓고, 결혼을 시킬 것인가 말 것인가를 두고, 그것을 간섭하고 결정하는 것까지 부모의 책임이라고 생각하는 사람들도 여전히 많다.

우리나라는 유교적인 사상이 전 국민의 사고방식에 깔려 있는 바, '장자(長子)는 부모다.'라는 옛날 의식이 요즘 젊은 세대에서도 이어지고 있다. 그래서 장자는 부모님의 특별한 사랑과 지원 속에서 성장한다. 그렇게 성장한 장자는 자연스럽게 가정 전체에 대한 무한책임감을 갖게 되어 다른 형제자매들에게 자신이 감당할 수 있는 만큼의, 아니 때로는 그보다 넘치는 정신적, 물질적 배려를 하기 위해 애를 쓴다.

만일 장자가 가정의 대소사에서 경제적, 정신적인 책임자의 역할을 다하지 못하면 마치 무슨 큰 죄를 지은 것처럼 한 쪽에 비켜서 있는다. 반면에 다른 형제들은 자신들의 삶에 책임지지 못하고, 사는 것이 어려워지면 장자를 바라보곤 한다. 장자라는 이유만으로 그 모든 책임을 져야 하는 상황에 대해 마음속의 불평과 어려움을 가지고 있으면서도 장자는 또 한 번 도움을 주게 된다.

이런 과정이 반복되다 보면, 장자는 장자대로 지치고, 형제들은 형제들대로 무기력해지고, 경쟁력도, 자생력도 없어져 버리기 때문에 결국 두 쪽 다 힘들어지게 된다. 상황에 따라서는 남만도 못한 관계로 서로 멀어지는 결과를 빚기도 한다.

갓 태어난 어린아이는 하루 온종일, 부모의 보살핌을 필요로 하지만, 자녀가 성장하고 장성할수록 부모의 도움이나 관심을 서서히 배제하도록 하여 어느 시점이 되었을 때는 자신의 주관과 정체성을 가지고 모든 것을 스스로 책임질 수 있도록 해야 한다.

마찬가지로 형제, 자매 간의 관계도 함께 성장하는 과정에서야 형, 누나, 언니가 동생들을 돕는 것이 당연하지만, 성인이 되어 각자의 삶을 꾸리는 시점이 되면, 그 관계성에 대해서도 변화를 갖는 것이 건전한 상호 관계를 유지하고, 이끌어 갈 수 있는 것이다.

과도한 책임의식은 그 자체가 욕심이고 병이다.

이 욕심을 적절하게 줄여나간다면 서로 행복한 삶을 누릴 수 있을 것이다.

망하지 않은 비결, 줏대와 원칙

015

성공하고 싶은가?(교육)

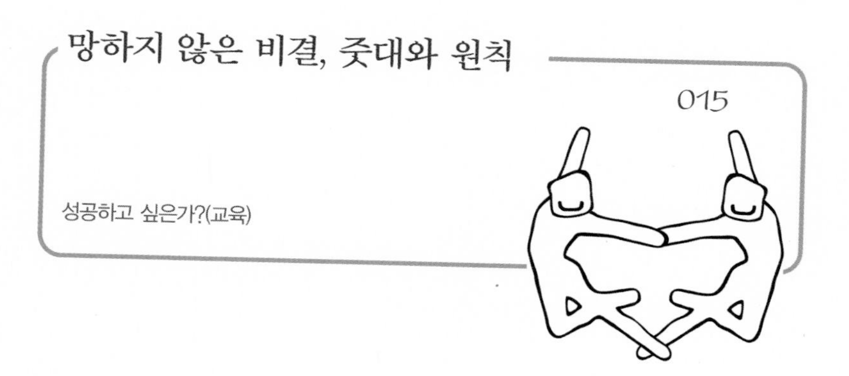

사람의 일생을 압축해보면, 초등학교 입학 전까지는 본인의 의지와는 무관하게 어머니 손에서 양육되다가, 초등학교에서부터 학업을 마칠 때까지는 가정과 학교가 함께 병행하여 육체적, 정신적 성장을 시킨다. 교육을 마치고 사회생활을 시작하고 나서부터는 지금까지 겪어왔던 궤도를 벗어나 자기 의지대로 자신의 인생을 살아가게 된다.

사람마다 주위 환경이 다르겠지만, 학교 선배, 직장 선배, 사회 선배 등등, 여러 사람으로부터 도움과 가르침을 받고 사는 이가 있는 반면, 주위 사람으로부터 아무런 도움을 받지 못하고 인생을 흐름에 맡겨 살아가는 이도 있다.

요즘 젊은이들은 현명하게도 성공한 사람을 롤 모델(Role Model)로 정하여 스스로 그에게 멘토링(mentoring)을 구하면서 인생의 역경을 헤쳐 나가기도 한다.

나도 내 인생을 되돌아 보건대, 20대 초반까지는 나의 어머니께서 나의 멘토 역할을 해주셨던 것 같다. 어느 시점이 지나자 어머니의 멘토링이 객관적이지 않다는 것을 느꼈다. 그 후 자연스럽게 친척 형을 새로운 멘토로 하여, 45세까지 성공을 목표로 열심히 살아왔다.

그러던 어느 날인가 70세가 넘은 한 철학자를 우연히 알게 되었다. 그분으로부터 인생에 대하여 객관적으로 관조할 수 있는 다방면의 시각을 배웠다. 그런 귀인(貴人)의 타계는, 어미를 잃어버린 어린아이가 된 기분이었다. 이후로도 나는 많은 사람들과의 교류를 통하여 멘토링을 하였으며, 노년이 된 지금도 훌륭한 멘토 찾기를 게을리 하지 않고 있다.

그 중 가장 기억에 남는 이야기 하나를 해보자면, 어느 날 노인 한 분을 만나 긴 이야기를 하다 보니 나의 멘토로 손색이 없는 분이라는 걸 느꼈다. 내가 보기에 이 분은 거의 천재 수준이었고, 인품으로 보아도 그 어느 하나도 흠잡을 것이 없는 분으로 보였다. 어느 날 그분이 나에 대하여 직언(直言) 하길,

“선생은 지식도 많고, 현명하고, 지혜롭고, 세상을 보는 시각이 나름대로 정확하고, 어디 하나 크게 흠잡을 것이 없으므로 반드시 망했어야 했다. 그러나 지금까지 망하지 않은 것에는 이유가 있다.”

충격이었다!

아니 세상에 이런 논리가 과연 존재할 수 있는가?

세상 대부분의 사람들처럼, 풍부한 지식을 구하고자 많은 돈을 투자하고, 시간과 공력을 들여 지혜로움을 쌓고자 애를 쓰고, 그렇게 노력하며 크게 흠잡을 것이 없을 만큼 살아왔는데, 반드시 망했어야 한다니? 나는 궁금함을 억누르지 못하고 질문하였다.

"선생님, 그러면 저는 왜 지금까지 망하지 않았습니까?"

나의 질문에 그 할아버지 왈,

"선생께서는 줏대와 원칙이 서 있어서 망하지 않으신 것입니다." 라고 답변했다.

이 할아버지의 얘기를 듣고. 몇 날 며칠 곰곰이 생각해봤다. 세상은 성공한 사람들만의 기억으로 이루어진 집단이고 보니, 실패한 사람의 족적은 좀처럼 기억되지 못한다. 허나 실패한 사람들도 그들 나름대로는 자기 분야에서 최고의 지식을 가지고. 최고로 지혜롭게 산다고 했으나 다 중도 소멸되었던 것 아니겠는가?

생각 끝에 내린 결론은 이랬다.

'일류 대학교를 나오고, 박사 학위를 받고, 젊은 나이에 사회에서 크게 활동했을망정, 어느 한 순간, 자기 이익을 좇아 판단하고 결정했던 것이 덫에 걸려 추락한 것이로구나.'라는 것이다. 외형상 모든 것을 갖춘 사람이라 하더라도, 한순간의 잘못된 판단으로 인해서 낙마하는 사람들을 수없이 보아오곤 했다.

이 말을 좀 더 직설적이고 솔직한 말로 표현한다면, 아전인수(我田引水) 격으로 세상을 사는 사람들, 조금 더 심하게 표현하면. 달면 삼키고 쓰면 뱉는 사고방식을 가지고 있는 사람들, 좀 더 심한 말로 하자면 약삭빠르고, 쥐새끼 같은 행동을 하는 사람들, 그들은 필히 망한다는 뜻으로 밖에 해석할 수 없는 것이다.

그 할아버지가 말한, 줏대와 원칙이 무엇인가 생각해 보았다.

줏대와 원칙이라는 것은, 내가 의사결정을 하려고 할 때, 나의 손해가 눈앞에 보임에도 불구하고, 내가 믿는 정의와 바른 사리판단을 가지고 행동으로 밀고 나간다는 것과 일맥상통한다. 이것이 우리가 지켜야 할 가치이다.

그럼에도 불구하고 권력이 되었든, 재물이 되었든, 명예가 되었든, 너무나 많은 사람들이 자기 이익만을 추구하고자 이쪽, 저쪽으로 줄 서기 바쁘게 돌아다니고 있으니, 그들이 언제 망할 것인지 그 때가 궁금해진다.

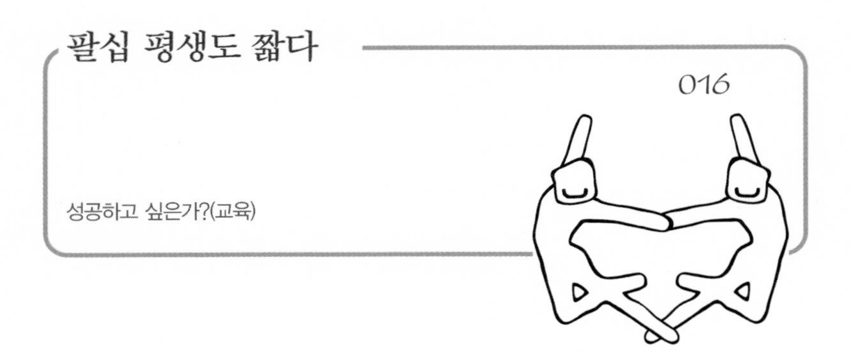

팔십 평생도 짧다

016

성공하고 싶은가?(교육)

시간은 고무줄과 같다.

생각하기에 따라서 어느 정도 줄어들기도 하고, 늘어나기도 하는 것이다. 어떤 사람은 팔십까지 사는 것을 지겨운 인생살이라고 표현하기도 한다. 인생이 어떤 과정을 거쳐 흘러가는지 살펴보면, 보편적인 남자의 경우, 스물다섯에서 서른 살까지는 성장과 학교교육, 군생활 기간으로 짜여있다. 서른에서 서른다섯 살까지는 그 동안 배운 교육 내용을 실생활에 접목시키는 과정이라고 생각한다. 자기의 소신을 가지고 일선에서 일할 수 있는 나이는 서른다섯이 지난 이후, 예순 살 정도까지가 된다. 대체적으로 이후로는 자기 소신대로만 살 수가 없고, 남의 도움을 받지 않고는 의지를 펼치기가 힘들게 된다.

이후 70세가 넘으면, 건강관리에 따라 달라지기는 하지만 다른 사람의 도움을 많이 필요로 하는 인생이 된다. 이런 사이클(cycle)이라면, 80세까지 산다 치더라도 건강한 육체와 바른 판단력을 가지고 일할 수 있는 세월은 30년 내외가 될 뿐이다. 원자력 발전소 한 기를 완성하는 데는 평균 15년이 걸린다는데 원자력 발전소 두 기를 준공하는 세월인 것이다.

왜 태어났고, 무엇 때문에 일하는지는 각자가 생각하기 나름이겠지만, 최소한 다른 사람에게 조금이라도 도움이 되는 인생을 살아야 한다. 바꾸어 말하면 남에게 짐이 되는 인생이 되지는 말아야 한다는 것이다. 세월의 속도는 나이가 들어갈수록 빠르다. 아침에 일어나서 조금 일하다 보면, 해가 떨어져 금방 저녁이 되고, 운동하고 집에 가면 12시가 넘어 침대에 들어간다.

누구는 어렸을 때 가난한 환경에서 살다가 5, 60세에 재벌이 되고, 대통령이 되고, 노벨상을 타는데 나라고 못할 이유가 있겠는가? 나이는 숫자에 불과하다고 하지 않는가?

일이란 젊은, 한 때 하는 것이다.

안 될 때 안 될망정 노력이나 한 번 해보자. 되지 않는 허황한 꿈에 허세 떨지 말고 목적지까지 가기에는 30년이란 세월도 길지 않다.

조심스럽게 정성을 들여, 조금씩 한 발, 한 발 나가면 안 될 것이 무엇인가? 우리 인생 80년 중에 일할 수 있는 기간은 3, 40년도 채 되지 않는다.

시간은 우리를 기다려 주지 않는다.

독일의 철학자 J. G. 피히테의 '독일 국민에게 고함'이라는 글을 소개한다.

'오늘을 결심하라! 지금 이 자리에서 바로 결심하라!

머잖아 자연스레 고쳐질 테니까 그때까지 잠시 휴식을 취하자 하든가.

잠깐 잠들어 꿈이나 꾸자고 말해선 안 된다.

개선은 결코 자연적으로 일어나지 않는다.

어제를 무위도식하고, 오늘도 여전히 결심하지 못하는 자가, 내일, 무엇을 할 수 있겠는가?'

돈金錢

어떻게 돈을 대할 것인가?

Money

숫자만 남는 내 돈

017

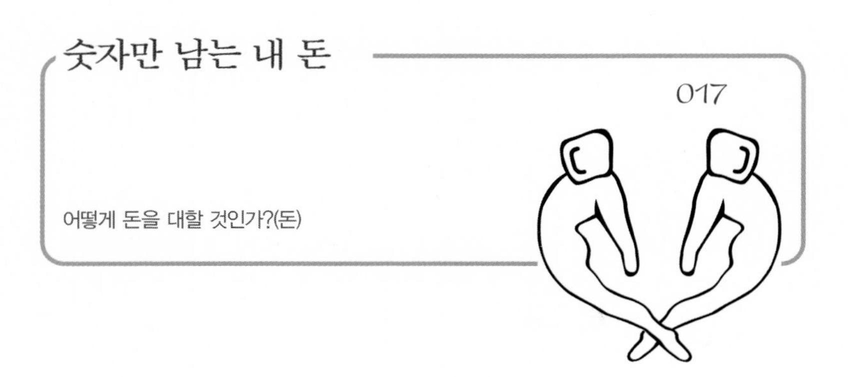

어떻게 돈을 대할 것인가?(돈)

몇 차례 중국에 다녀왔다.

몇 년 사이에 너무 많은 발전과 변화를 하고 있는 그들의 모습을 보고, '그동안 우리는 무엇을 해왔나'라는 자조(自照)와 함께 오장 육부가 뒤집어지는 기분을 느꼈다. 그 넓은 대륙이 온통 공사판 같고, 건물을 지었다 하면 보통 3, 40층 이상이었다. 중국에서 제일 비싼 아파트 한 채가 250억원이라는 신문 기사를 보며 격세지감을 느끼기도 했다.

그 무렵 우리나라 기업인들은 투신자살을 하기도 했고, 이런저런 죄목으로 기업주가 교도소에 들어가고 있었다. 또한 인류 시작 때부터 해결하지 못한 성매매 방지법이 국회의 비준을 통과하고 있었다. 물론 성매매를 찬성하는 것은 아니다. 그러나 지키지도 못할 성매매 방지법을 만들어, 많은 사람들을 실정법 위반의 죄인으로 만들어 놓은 것은 한심하게 여겨졌다. 더구나 성매매를 위해 가까운 중국으로, 베트남으로 가서 외화를 유출하게 하였으며, 한편으로 국내 내수 시장에는 찬물만 끼얹어 놓은 꼴이 되고 말았다. 하늘 높은 줄 모르고 치솟는 부동산 가격을 잡는다고 온갖 규제를 만들어놓고, 세금은 그야말로 폭탄 세례였다.

대통령을 비롯하여 각 부처 장관, 고위 공직자들이 중국 대륙을 한 번 견학이라도 했으면 했다. 중국 사람들이 돈맛을 보더니, 생사를 구분하지 못하고 일하는 것 같았다. 그동안 농경사회(農耕社會)가 주를 이루었던 동양인들이 산업화의 세계를 접한 후부터, 돈 버는 데는 물불을 가리지 않는 것 같다.

얼마 전, 가깝게 지내던 학교 이사장으로부터 '쓴 돈만이 내 돈'이라는 말을 듣고 가벼운 충격을 받았다.

나는 그동안 무엇 때문에 돈을 벌었고, 또한 지금까지 내가 쓴 돈이 얼마나 되는지 생각해 보았다. 공부만 열심히 하는 학생은 큰 용돈이 필요 없듯이, 그동안 일만 열심히 하다 보니 정작 내가 쓴 돈은 별로 없다는 것을 깨달았다.

내가 아주 적은 돈으로 사업을 시작한 지도 어언 30년이 가까운 세월이 지났다. 옆을 돌아볼 겨를이 없을 정도로 정말 열심히 일했다. 이제 장사가 사업으로 변하여 중소기업을 운영하고 있다.

매일매일 해야 하는 일과 중 하나가 경리장부를 결재하는 것이다.

장부 상 숫자가 몇 만원에서 수십억, 때로는 수백억까지 왔다 갔다 한다. 그러다 보니 숫자에 중독되어 울고 웃는다. 진정 이 '숫자'에 매달려 살아야 하는지 회의를 느낄 때도 있다.

숫자에 중독되어 돈을 왜 버는지조차 모르고, 그것을 생각하는 기능도 마비되어 있었다. 돌이켜 생각해보면 '주변 사람에게 인색하게 살 필요가 없던 것이었는데' 하는 아쉬움이 있었다.

돈은 벌려고 버는 게 아니고, 쓰기 위해 버는 것이다.

돈 계산은 일단 정확해야 한다

018

어떻게 돈을 대할 것인가?(돈)

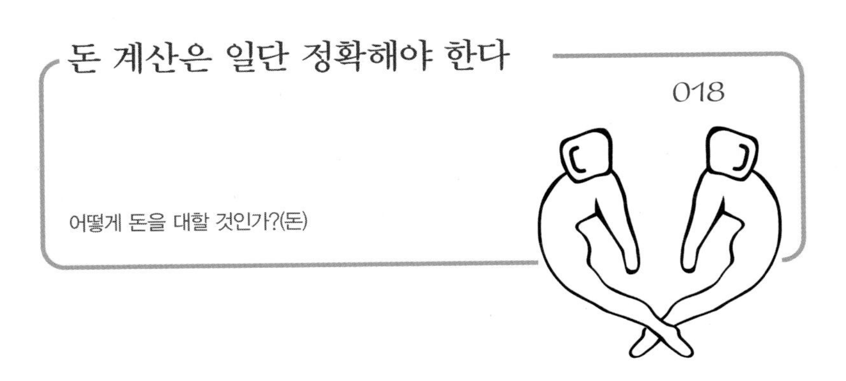

바둑, 장기 게임을 하는 기원에 가보면, 간혹 재미있는 현상을 목격한다. 고수들끼리 바둑을 두는데, 하수가 그 옆에서 훈수를 두지 못해 답답해하는 광경이다. 바둑을 두고 있는 고수들은 수가 잘 보이지 않는데, 옆에서 보는 하수의 눈에 그 잘못됨이 보이는 것이다. 박포 장기를 두는 할아버지들의 내기 장기에서도 같은 현상이 일어난다.

이와 같은 상황은 가까운 사람들 사이에서 돈 계산할 때도 나타난다.

본인이 이익이 되는 계산은 끝까지 하고, 본인에게 불리한 계산은 상대가 입을 열지 않으면 끝까지 논하지 않는다. 그런데 중요한 것은, 당사자 본인은 무엇이 잘못되어 있는지조차 전혀 감각이 없다는 점이다. 내가 받아야 할 돈은 지금 당장 받아야 하고, 갚아야 할 돈은 생각도 나지 않는다. 아니 설사 생각이 난다 해도, 지금은 내가 힘드니 천천히 기회 닿는 대로 갚겠다는 것이다.

자신이 해야 할 도리는 지키지 않아도 좋고, 남이 지켜야 할 도리는 즉시 지켜야 한다고 생각한다.

'내가 하면 로맨스고, 남이 하면 불륜'인 것이 남녀관계뿐만 아니라 사회 전반에 적용되는 것 같다. 옆에서 볼 때 분명히 불륜인데 본인들에게는 로맨스이고, 둘만의 지고한 사랑이라 우기는 것이다.

돈 관계도 '내 돈은 내 돈이고, 네 돈도 내 돈이다.'가 아니라 '내 돈은 내 돈이고, 네 돈은 네 돈'이라고 하는 것이 맞다. 남이 잘못 계산하면 설명도 해주고, 설득도 하던 이가, 정작 자기 계산을 할 때는 자신의 이해타산에 맞추는 이치는 무엇인가?

이것 때문에 생기는 불신으로, 나와 가깝게 지내던 사람이 남보다 못한 사이가 될 수 있음을 알아야 한다. 내 사정이 급해서 당장 돈을 돌려줄 수 있는 입장은 못 되더라도, 일단 돈 계산만큼은 정확히 해야 한다. 떼어먹어도, 또는 돈을 떼여도, 명분과 이해가 가면 가까웠던 인간관계에 상처를 내지 않을 수 있다.

돈 거래를 해봐야, 또는 노름을 해봐야, 이해관계 선상(線上)에 있어봐야 그 사람의 양심과 사람 됨됨이가 보인다.

상황 봐서 떼어먹는 한이 있더라도 돈 계산은 정확히 하여, 가까운 관계를 꼴 보기 싫은 심각한 관계로 만들지 말자!

절대로 가져갈 수 없는 돈

019

어떻게 돈을 대할 것인가?(돈)

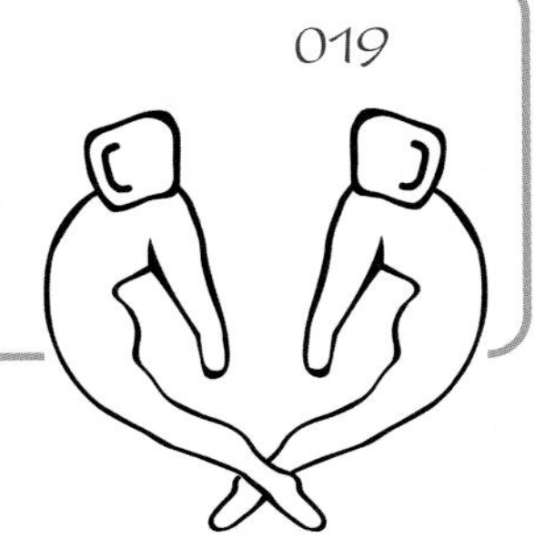

사람들이 돈을 벌려는 이유도 가지가지다.

그냥 돈은 있어야 하니까 번다는 사람, 노후를 대비하기 위해서 번다는 사람, 인간답게 살기 위해서 번다는 사람, 많은 직원들을 고용하여 기업의 이익을 창출하기 위해서 번다는 사람, 자기가 뜻한 바를 이루기 위해서는 돈이 수단이기 때문에 번다는 사람 등 백인백색(百人百色)이다.

죽을 때까지 필요한 절대 생계비(生計費)는 우리가 갖고자 하는 돈에 비하면 생각보다 아주 적다. 그럼에도 불구하고 인간들은 왜 끝없이 필요 이상의 돈을 벌고자 원하는가?

그것은 돈에 대한 깊은 철학이 없고, 돈 버는 것 자체가 인생의 목적이 되어버렸기 때문이다. 욕심이 지나치면 패가망신하고 야반

도주(夜半逃走) 하게 되는 것이다. 돈은 각자 인생이 원하는 바를 이루기 위한 최소한의 수단이지 절대로 최종의 목적이 될 수는 없다.

많은 고용 창출을 하기 위한 기업 자금, 국민의 지도자로서 역할을 하기 위한 정치자금, 복지사업을 하기 위하여 필요한 복지 기금 등등, 목적이 앞서고 그것을 수행하기 위한 수단인 돈이 뒤따라가야 한다. 그런데 목적이 돈이고 수단이 기업, 정치, 복지, 종교가 된 경우를 종종 접하게 된다. 이렇게 목적과 수단이 뒤바뀌어 버리니 제대로 될 리가 없다.

인생이란 제각기 만들어가는 종합예술인 것이다. 돈을 쌓아놓고 죽을 때 쳐다보면서 죽는 것이 삶의 목적이 아니다.

언젠가 친구들에게 농담 삼아, “하도 많은 사람들이 돈에 미쳐 사는 것 같아서 행정 질의도 해보고, 전화도 해보았는데, ‘죽을 땐 절대 한 푼도 가져갈 수 없습니다.’라고 대답하더라.” 말한 적이 있다.

세상 사람들아!
가져가지도 못할 돈을 좇다가 정신 돌아버릴 까봐 걱정된다.

이 말은 내가 날 보고 하는 소리가 아닌지 다시 생각해봐야겠다.

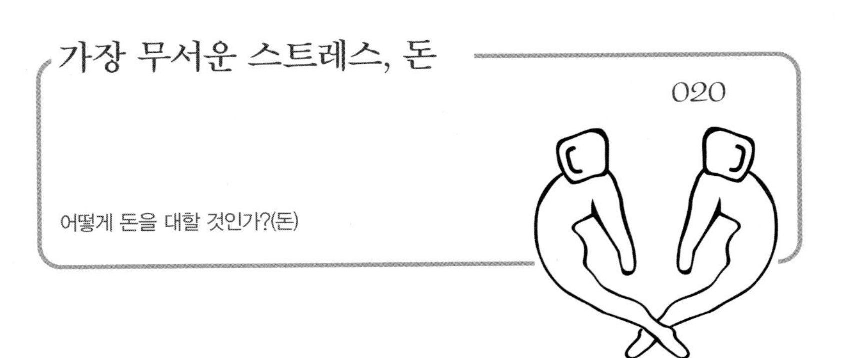

가장 무서운 스트레스, 돈

020

어떻게 돈을 대할 것인가?(돈)

인간이 받는 스트레스는 아주 다양하고 복잡하다.

4, 50년 전에 이미 의학계에서 암의 주된 원인이 스트레스라는 학설이 제기된 적이 있었다. 이제는 사람들이 이 학설을 직, 간접적으로 거의 인정하면서 사는 것 같다. 나도 여러 가지 스트레스를 받아가면서 살고 있다. 허나, 대부분의 스트레스는 마음을 어떻게 먹느냐에 따라서 완전히, 또는 부분적으로나마 해소할 수 있다. 일이 많이 쌓여서 오는 스트레스는 밤잠 안 자고 열심히 일하면 해소된다.

꼴 보기 싫은 사람이 있으면 그 자리를 떠나면 해결되며, 상사(上司)가 보기 싫어 죽겠으면 직장을 이직(移職) 하면 되고, 각시가 싫으면 이혼하고, 딴 살림을 차리면 된다. 이것도 저것도 여의치 않으면, 교회나 절에 가서 종교 생활을 열심히 하면 다소나마 해결될 것이다.

허나 경제적인 돈이 주는 스트레스는 거의 해결 방법이 없다. 여기에 한 번 걸려들면 해결이 날 때까지 당하는 수밖에 없다. 여기저기 가서 돈을 융통하려 해도 방법이 보이지 않는다. 돈은 구할 수 없는데, 써야 할 시점은 점점 다가오고, 밤잠을 자지 못하면서 생각해봐도 해결의 실마리가 보이지 않을 때는 피가 마르는 것 같은 스트레스를 받는다.

IMF 때, 대기업 사장이 은행장을 만나 자금 요청을 했다가 거절당하고, 은행 문을 나서면서 울었다는 신문기사를 읽은 적이 있다. 충분히 이해가 가는 대목이다.

나는 주위에서 돈 문제로 극심히 고통을 받다가 췌장암으로 죽은 사람을 여러 명 보았다. 극심한 경제적 스트레스가 췌장암과 무슨 연관성이 있는지는 모르지만, 췌장암으로 사망한 지인들은 한결같이 돈에 대한 스트레스가 심했다.

돈에 시달리는 것이 오죽 심했으면 멀쩡하던 사람도 성(性) 생활이 불가능하다고 했겠는가?

호랑이보다 더 무서운 경제적 스트레스에 걸리지 않도록 수입과 지출, 유동성(현금 흐름) 관리에 신경을 늦추면 안 된다.

보증은 내 빚이다

021

어떻게 돈을 대할 것인가?(돈)

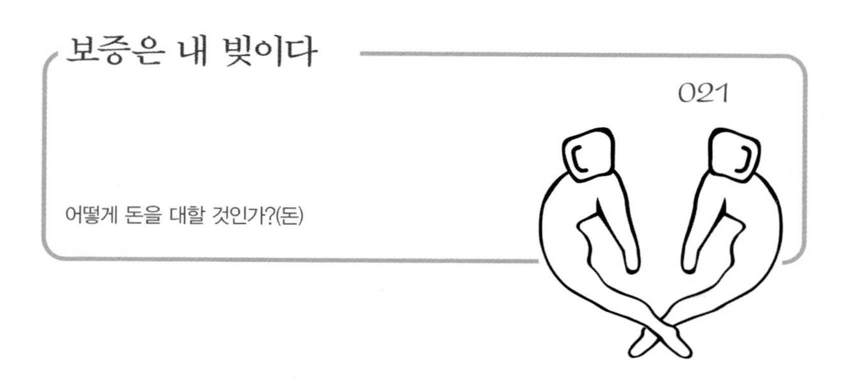

첫 직장에 입사할 때, 재정보증에 대한 서류를 갖추지 못하여 난처한 일을 겪은 적이 있었다. 가까운 친척분이 흔쾌히 보증을 서 주셔서 서류에 도장을 찍고 나오는데 무언지 모르게 기분이 찜찜하였다. 이런 경험을 겪은 것은 비단 나 혼자만은 아닐 것이다. 살아오면서 보증 때문에 망가진 인생들을 수없이 보게 되었다.

몇 년 전 '신불자[信用不良者]'라는 단어를 처음 대하고, 그 말의 뜻이 불교를 믿기 시작한 신자를 줄여서 일컫는 말인 줄 알았다. 한참 지난 후에야 금융기관에서 빌린 돈을 갚지 못하여 개인 파산 상태에 이른, 신용불량자를 줄인 말이라는 것을 알았다.

이 중 많은 사람들이 가까운 친구나 친척이 금융기관으로부터 돈을 빌릴 때 보증을 서줬던 사람들이었다. 또한 부부 중에 한 사람이 사업을 시작하면 다른 한 사람이 보증을 서준 경우도 있었다. 이것 또한 잘못되었을 때, 설상가상(雪上加霜)으로 다른 한 쪽 배우자의 직장생활까지 망가져 실업자가 되는 경우도 보았다.

인간이 인간을 어떻게 보증할 수 있단 말인가?

인간이 만든 제도이지만 이것은 처음부터 너무도 잘못된 제도인 것이다.

어른들 말씀이, '부자(父子), 부부(夫婦), 형제(兄弟) 지간에도 보증은 서지 말라.'고 하였다. 보증이란 보증을 받은 사람이 빚을 갚지 않으면, 그 빚을 대신 갚겠다는 약속이다. 상대가 빚을 다 갚기 전에는 죽는 날까지 한 시라도 그 보증에서 자유로울 수 없다.

이와 같이 무서운 것이 빚보증이다. 그런데 체면 때문에, 또는 거절하기 힘들어서 할 수 없이 보증을 서주는 사람들이 많다. 훗날 채무자 대신 돈을 갚아주고, 그마저도 없으면 길거리로 내몰리는 사람을 주변에서 얼마든지 찾아볼 수 있다.

이제는 우리나라도 공공기관에서 보증을 서주는 곳이 몇 군데 생겼다. 평소에 각종 공과금을 지체하지 않고 성실하게 납부했으면, 그 신용 평가만을 가지고도 보증을 해주는 기관이다. 이런 공적인 기관에서 보증을 받지 못할 사안이나 사업은, 일을 꾸미지도 말아야 한다. 설령 사랑하는 처와 자식이 그런 사업을 하겠다고 해도 보증을 서면 안 된다.

사람에 따라서 신용을 지키지 않는 경우와, 돈이 신용을 지키지 못하는 경우가 있는데, 이 두 가지가 중복되어 있기 때문에 지키지 못할 확률만 커지는 것이다.

적은 돈 벌기가 큰 돈 벌기보다 더 힘들다

022

어떻게 돈을 대할 것인가?(돈)

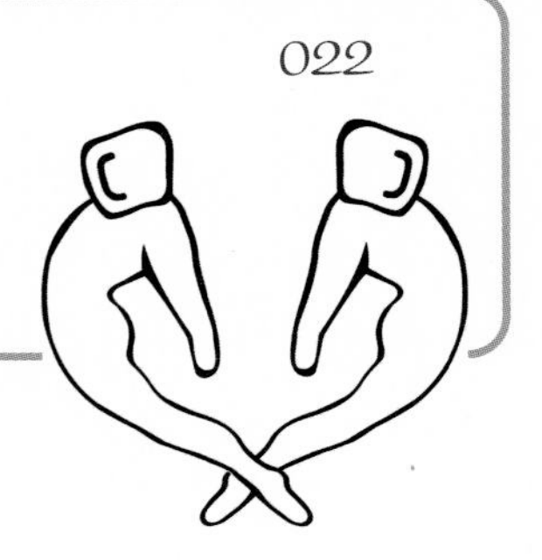

세계 인구가 70억이 넘었다고 한다. 지구의 한정된 자원(資源)을 가지고 다 같이 먹고 살려니 얼마나 힘이 들겠는가?

통계에 의하면, 우리나라를 비롯하여 거의 모든 나라에서 상위 5%의 사람들이 그 나라 전체 부(富)의 70%를 차지하고 있다고 한다. 나머지 95%에 해당하는 사람들이 전체 부의 30%를 나누어 가지고 살고 있다고 하니, 몇몇 나라를 제외하고 중산층보다는 빈곤층이 훨씬 많을 수밖에 없다.

개인적인 능력 차이까지 감안한다면, 힘없고, 배경 없고, 많이 배우지 못한 사람은 정말 살기가 힘들다.

재래시장에서 콩나물 장사가 손님과 가벼운 실랑이하는 것을 보면서 무언가 머릿속을 빠르게 스치고 지나가는 것을 느꼈다. 조금이라도 많이 가져가려는 손님과, “이거 팔아서 뭐가 남겠느냐”면서 덜 주려는, 파는 아주머니의 실랑이다.

바로 저것이다! 저 틈새에서 어떻게 돈을 벌 수가 있겠는가?

다른 측면의 상황을 본다.

미 분양된 아파트를 사면 승용차 한 대를 주고, 여객기를 자주 타면 미국행 왕복 티켓도 서비스로 그냥 준다. 몇 백억짜리 부동산 매매를 성사 시키고, 부동산 중개료를 흥정하면서 끝전을 주지 않겠다고 실랑이를 하는데, 그 끝전이 몇 천만 원이다.

우리는 다음과 같은 문구를 얼마든지 찾아볼 수 있다.

“시작이 반이다.”, “처음 10억 벌기가 가장 힘들다.”, “적은 것이 더 예민하다.” 여러 가지 상황을 생각해보면, 작은 것일수록 다루기가 더 까다롭고 힘들며, 클수록 다루기가 더 쉽고 편하다.

그렇다면 우리는 너무 근시안적인 사고를 가지고 살아가고 있는 것은 아닌가? 발등에 떨어진 불을 끄기 바빠서 크게, 멀리 바라보지 못한 채, 코밑에서 빙빙 돌고 있는 것은 아닌가? 어차피 할 일이라면 이제부터는 작은 공간 사이보다는, 여유로운 공간에서 일하는 것이 보람도 있고 정신적으로도 건강할 것이다.

명상을 하면서 자신의 마음부터 다시 가다듬어 보자!

실력을 키우고 여유로운 정신세계부터 만들어보자!

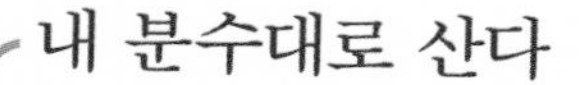

내 분수대로 산다

023

어떻게 돈을 대할 것인가?(돈)

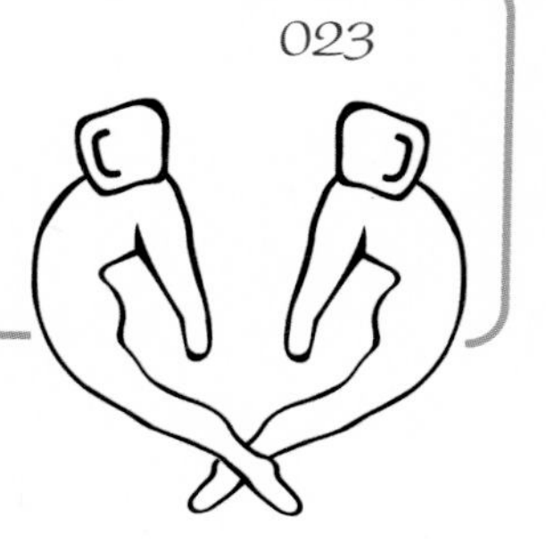

고(故) 노무현 대통령이 재임 시절, 북한 외교관에게 “우리는 진심과 성의를 가지고 대북사업을 한다는 것을 김정일 위원장에게 전달해 달라.”라고 했다고 한다.

생각하기 나름이지만 그다지 거부감은 없었다. 하지만 남한 사람 대부분은 김일성과 김정일 부자에 대하여 좋은 감정이 있을 리가 만무하고, 나 역시 같은 감정이다. 하지만 북한 사람들이 강조하고 주장하는 것 중에서, 자력갱생(自力更生)이니, ‘내 식대로 산다.’니 하는 식의 말은 아주 인상적이다.

그러나 북한의 이, ‘내 식대로 살겠다’라는 것은 생각할 바가 크다.

그 결과 북한은 폐쇄적인 국가 운영으로 인해, 경제가 거의 파탄지경(破綻地境)이 되었다. 주변 국가들과 잘 협력하여 지내면서, 내 식대로 살겠다는 운영체제를 가졌더라면 오늘날 저와 같은 어려움은 없었을 것이라고 생각한다.

국가의 살림살이와 개인의 살림살이는 규모는 다르지만 같은 논리라 생각한다. 가난하면 가난한 데로 자신의 형편에 맞춰 삶을 영위하면 되는 것이다.

우리나라 옛 속담에 '뱁새가 황새 따라가다 가랑이 찢어진다.'는 말이 있다. 모르는 것을 아는 척할 필요도 없고, 가난한 사람이 부자인 척할 필요도 없고, 또한 역시 부자가 가난한 척할 필요도 없는 것이다.

우리는 있는 현상 그대로를 받아들이면서 살면 되는 것이다.

자식 세 명에게 도로 주행 운전연습을 내가 직접 가르쳤다. 그때마다 그들에게 매 번 강조한 이야기가 있다.

"어떤 차가 뒤에서 빵빵거려도 전혀 개의치 말고 운전하라."

덤프트럭이든, 고급 승용차든 뒤에서 빵빵거린다고 놀라서 급히 운전하다 보면 사고가 날 수 있다. 사고가 나면 경적을 울리던 차는 사고를 수습해주는 것이 아니라 그냥 지나친다. 도로의 선 안에서 규정을 지키며 운전을 하면 아무리 큰 차도 절대로 뒤에서 추돌사고는 내지 못한다.

실력만큼. 분수를 지키며 살라는 것이다.

있는 자는 있는 대로 살고, 없는 자는 없는 대로 산다. 그러나 잘났다고 못난 사람을 무시하면 머지않아 그 대가를 받을 것이다.

없고 못난 사람들도 전혀 기죽고 살 이유가 없다.

'없고 못난 나는 내 식대로 살 테니, 잘나고 있는 자들아, 나 건들지 마라, 나는 내 분수에 맞춰 내 식대로 살 것이다!' 하면 된다.

이번 주 일요일에 가까운 지인의 자녀가 결혼한다고 청첩장을 보내왔는데, 축의금으로 얼마를 내야 할지 고민스럽다.

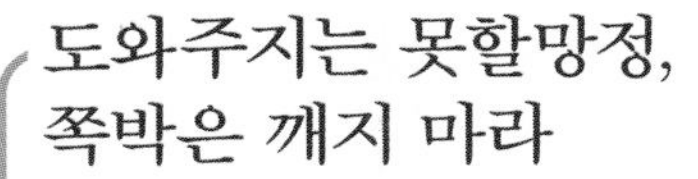

도와주지는 못할망정, 쪽박은 깨지 마라

024

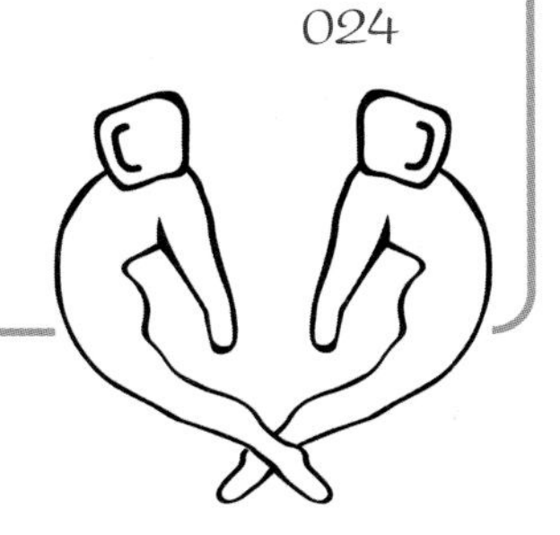

어떻게 돈을 대할 것인가?(돈)

시내에 가끔 들르는 제과점이 있다.

그때마다 그 제과점 앞에는 채소거리를 파는 시골 할머니들을 볼 수 있었다. 덕이 있어 보이는 제과점의 여 주인은, 그 할머니들에게 가끔씩 따뜻한 우유 한 잔과 빵을 나누어 준다고 한다. 또한 날씨가 아주 추운 날에는, 추위에 떠는 할머니들을 제과점 안에서 몸을 녹이고 나가기를 권한다고 한다. 살아가면서 이런 선행을 실천하는 사람들을 접하기가 점점 어려워지는데, 그래서인지 유난히도 귀감이 되어 보인다. 자기 상점 앞에 노점상을 벌려 놓으면 쫓아내기가 바쁜 것이 요즘 세상인심이다.

모든 기업이 어려웠던 IMF 때, 우리 회사는 오히려 일이 더 많이 있었다. 하도급(下都給)이나 구매할 자재(資材)는 한정되어 있는데, 가져가고 싶은 사람이 여러 명이어서 심적으로 어려움을 겪은 적이 있었다. 상당 기간 동안 그들에게 사정을 이야기하고 달래어 돌려보내는 것이 업무 중 중요한 일과(日課)가 되었다. 그들의 어려움에 공감이 되는 시기였기 때문에, 되도록이면 그들에게 도움이 되는 방향으로 업무를 도와준 기억이 있다.

허나, 그 반대의 경우도 얼마든지 있다.

젊은 여인이 직업을 구하려고 소개소를 찾아가면 사창가에다 팔아먹는 소개소 사장, 공사를 수주하러 가면 자본을 잠식하려 드는 발주자, 보험 가입을 권유하는 보험 설계사에게 실적과 관련한 약점을 잡아 엉뚱한 짓을 하려는 자, 돈이 없어 돈을 꾸러 간 사람에게 몇 배 더 큰 돈을 보증 서게끔 하는 사채업자 등이 있다.

배고파서 밥을 얻으러 간 흥부에게 주걱으로 뺨을 때리는 놀부 각시와 같이, 약자가 도움을 받으러 오면 그 약점을 이용하는, 인간의 탈을 쓴 늑대들이 세상에는 널려있다.

그 중에는 멀쩡하게 사업하는 사회 저명인사들도 많이 있다. 참 무서운 세상이다.

힘이 들 때, 개인에게 도움 받기를 구하는 것보다는, 공적으로 도움 받을 방법을 찾아보는 것이 더 지혜로운 생각일수도 있다.

양심 없는 사람들아, 도와주지는 못할망정, 쪽박이나 깨지 마라!

그대들도 살아오면서 그러한 어려움을 한 번쯤은 겪어보지 않았던가?

소비 수준을 한 단계 낮추는 것은 특별한 인내와 각오가 있어야 한다

025

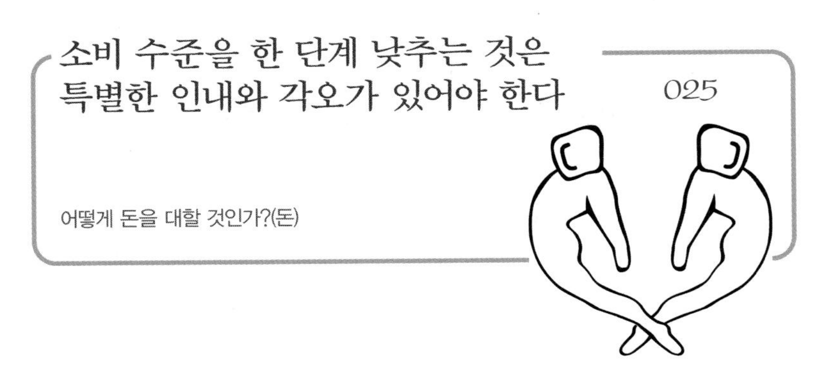

어떻게 돈을 대할 것인가?(돈)

매 년 연말연초가 되면 봉급 인상안을 놓고 기업들이 홍역을 치른다. 또한 설날과 추석 등 명절이 되면 속칭 떡값이라는 것을 주는데, 이것을 어떻게 적정하게 결정할 것인가 하는 문제가 고민거리가 되기도 한다. 이 두 가지 경우를 보면 매 년 조금씩 인상되던가, 최소한 현상 유지는 하게 된다.

집에서의 가계 생활비도 매달 또는 매 년 그 지출이 늘어나면 늘어나지 줄어들지는 않는다. 지금까지 내가 타고 다닌 승용차가 대, 여섯 번 바뀐 것 같다. 바뀔 때마다 조금씩 배기량이든, 가격이든 상향이 되었다. 최근에 차량을 한 단계 아래인 것으로 교체했는데, 이것을 결정하는 것이 그리 쉽지 않았다. 남들이 보면 경제적으로 힘들어 보일 것도 같고, 스스로도 용납하기가 어려웠다.

일반적으로 경제적인 여유가 조금만 생겨도, 소비 성향을 한두 단계 올리는 데에는 아무 부담이 없이 상향 조정하게 된다. 그러나 소비 수준을 한두 단계 낮출 때는 매우 특별한 인내와 각오가 수반되어야 한다.

자가용 기사를 데리고 다니던 사람이 직접 차를 몰고 다녀야 할 때, 가사도우미의 도움으로 생활하던 주부가 직접 설거지를 해야 할 때, 택시를 타던 사람이 만원 버스에 시달리며 출퇴근을 해야 할 때, 넓은 평수의 아파트에 살다가 좁은 평수의 집으로 옮길 때의 그 심정은 생각보다 그리 단순하지만은 않다.

삶의 품질을 한두 단계 낮추는 것은 정말로 어려운 일이다.

소비수준을 자신에게 주어진 조건보다 두세 단계 높이는 사람도 있다. 훗날 어떻게 변할지 모르지만, 소비성향을 쉽게 올려놓는 것은 정신과 육체를 쉽게 망가뜨리는 것과 같다.

소비 수준을 올리고자 할 때는 그 반대로 내려야 할 때의 고통도 한 번쯤 진지하게 생각해야 한다.

아껴서 손해 보고 넘쳐서는 손해 보지 않는다

026

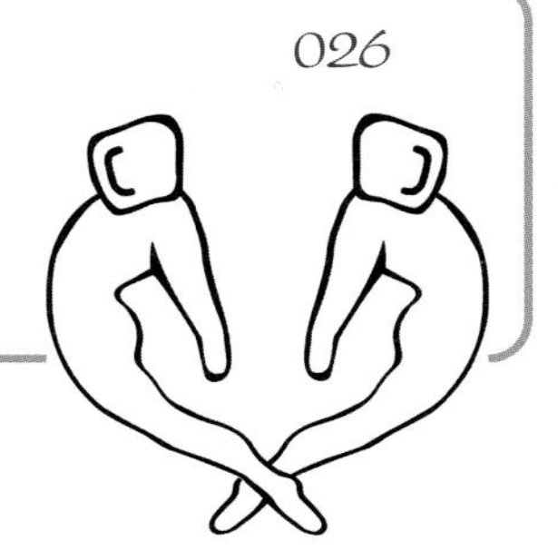

어떻게 돈을 대할 것인가?(돈)

나는 일과 관련한 크리티컬(critical)한 사항이 아니라면, 다른 면에서는 상당히 감성적인 사람이다. 젊은 날에 경제적으로나 정신적으로 크게 여유롭지 못한 환경이었지만, 마음만은 상당히 여유를 가지고 살아왔다. 있으면 쓰고, 없으면 가난을 낭만으로 여기며, 불편을 감수하는 삶이었다. 그 와중에도 어려운 사람들에 대한 측은지심(惻隱之心)이 항상 있었다.

이런 나에 비하여, 용돈도 상당히 계산적으로 규모 있게 사용하며, 철저히 절제된 감정 컨트롤로 웬만한 일에는 눈빛 하나 흔들리지 않는 친구들도 있었다. 당시 우리는 그들을 일컬어 '독종'이라 칭하며 가까이하기를 꺼려하였고, 때에 따라서는 비난도 서슴지 않았다. 하루에 지출할 용돈의 액수를 책정해 놓고, 그대로 집행하는 자들, 아무리 어려운 사람이 옆에 있어도 자신이 정해 놓은 한도를 넘어가면 베풀지 않는 것에 대한 비난이었다.

한 가정을 이루어 일가(一家)의 생계를 책임져야만 하는 가장(家長)이 되고, 조직의 수장(首長)이 되어 적지 않은 직원들의 생계를 책임져야만 하는 위치에 이르렀다. 그제서야 내 젊었던 시절의 그 생각이 자기방임이었으며, 그런 사고방식으로는 사업을 제대로 할 수 없다는 사실을 깨달았다.

출근을 하면 항상 자금의 흐름을 파악하여 예산을 확보하고, 집행하고, 실천하다 보니, 젊은 날에 내가 비난했던 사람들의 성향대로 살게 된 것이다. 그 이후부터 나는 자금의 집행에 있어서는 철저히 계획적이어야 하며, 감성적이기보다는 치밀한 이성주의자로 사는 것만이 사업 성장의 모멘텀(momentum. 탄력, 가속도)이라 여기고 나 자신을 길들여 왔다. 아니, 길들였다기보다 나 스스로가 독종(毒種)이 되길 원했는지도 모르겠다. 하지만 이로 인한 외적인 성장이 계속될수록 내적인 감성의 목마름 또한 항상 공존하였고, 그 무거움에 대한 해답을 외적인 성장에 만족하며 살아야 하는 악순환이 계속되었다.

그러던 중, 한 여직원과의 개인 면담 과정에서,

"회장님, 제 경험으로는, 서비스업에서는 아끼면 손해 보고, 넘쳐서는 절대 손해를 보지 않습니다."라는 조심스러운 충고를 듣고 신선한 충격을 받게 되었다. 그녀는 나에게, '젊은 시절의 당신이 옳았습니다!'라고 말하고 있는 것이 아닌가!

그 언제였던가, 스승이 말씀하시기를,

"돈을 아무리 많이 벌어 쌓아 놓은들, 아파서 누워있는 상태에서 그 돈을 쓰지 못하면, 그 돈은 나에게 불쏘시개만도 못한 것이다. 돈이라는 것은 삶을 윤택하게 살아갈 수 있게 하는 하나의 도구에 불과한 것인데, 돈의 의미를 축적에 두는 것은 그다지 바람직하지 못한 것이다. 혹여 주위 사람들에게 아까운 돈을 베풀어본다 한들, 사업상 사기 당해 손실되는 돈에 비하면 수 백 분의 일, 수천 분의 일에 불과할 것이다. 좋은 이에게 밥 사고, 술 사고, 어려운 사람한테 베푸는 인심을 보이면, 훗날 그들이 이런저런 밥상을 차려서 가지고 오는 것이다." 라고 하셨다. 나중, 내가 어떤 밥상을 받아먹을 수 있을까 하는 것은, 지금 내가 그들에게 베푼 만큼의 밥상일 것이라 하셨다.

이분들은 나에게 말하고 있다. 독종으로 살아 번 돈의 양만큼 돌아오는 밥상은 초라할 거라고.

어느 상점에 가면 정량(定量), 또는 정액제(定額制)라 하면서 물건을 정확하게 계량하여 파는 경우를 본다. 또 다른 곳에서는 정량, 정액제로 다 표시는 해놓고도 계산을 할 때는 웃으면서 덤을 하나 둘 더 얹어주는 가게도 볼 수 있다. 과연 그게 소비자들에게 어떠한 이미

지를 줄 것인가 다시 생각해보게 된다.

전자(前者)든 후자(後者)든 주인은 이미 원가계산을 정확히 하고 있을 것이고, 후자의 경우처럼 덤을 얹어준다 하더라도 그것이 원가를 넘어서는 일은 절대로 없다고 생각된다. 어떤 소비자가 전자의 사업장으로 발길을 옮기겠는가?

아껴서 손해 보고, 넘쳐서는 손해 보지 않는다.

참 많은 생각을 하게 하는 말이다.

결국, 결정은 당신의 몫이다.

사랑, 결혼 그리고 일愛, 結婚, 事

양이 절대로 음을 이길 수가 없다.

Love, Marriage & Work

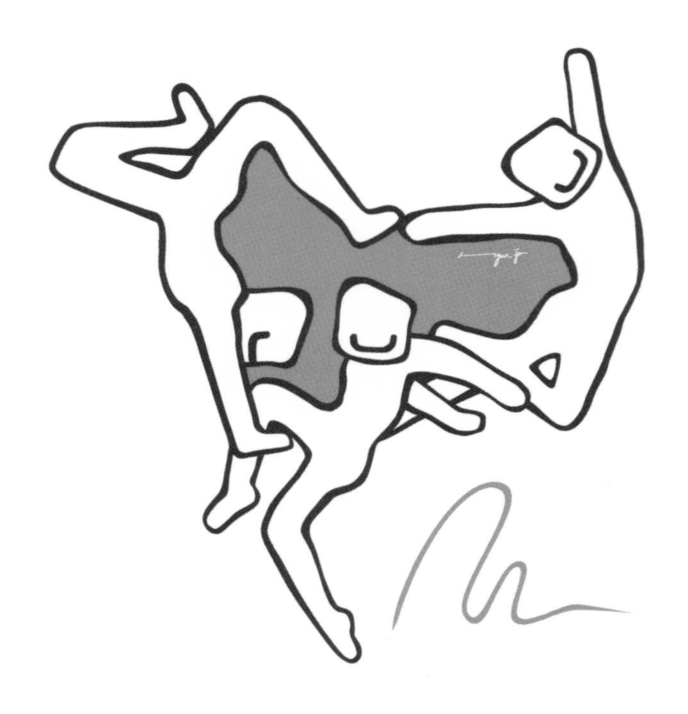

여성 예찬(女性 禮讚)

027

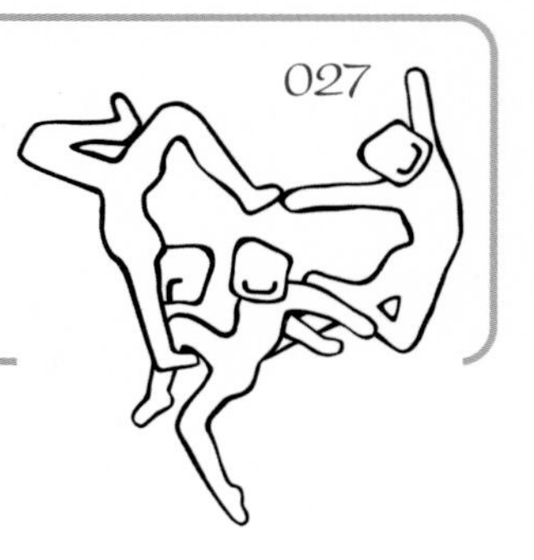

양(陽)이 절대로 음(陰)을 이길 수가 없다.
(사랑과 결혼 그리고 일)

부계(父系) 사회와 모계(母系) 사회가 동시에 현존하는 사회에서는 남자와 여자가 무엇이 다른가 생각해보고 살아야 한다.

어떤 분야에서는 여자가 남자보다 우월하다는 것을 알 수 있다. 여자들이 상대적으로 섬세하고 꼼꼼하며, 어려움 속에서도 살아남을 수 있는 능력이 남자보다 뛰어나다고 한다. 그 동안 남자들의 전유물처럼 여겨지던 고시 합격자도 이제는 60% 이상이 여자라 한다.

나는 육체적인 힘과 추진력 등 몇 개를 제외하고는 많은 면에서 여자가 남자보다 우월하다고 생각한다.

예부터 부인은, 안사람 또는 안방마님으로 불렸다. 바깥주인은 밖으로 돌아다니다가, 때가 되면 들어와서 자고 또 나간다. 누가 주인인가? 집 주인은 집안에 있는 사람 즉, 안방마님인 것이다.

원시사회에서 남자는 눈을 뜨면 밖으로 나가, 토끼나 노루를 사냥하기 위해 이곳저곳을 뛰어다녔다. 힘들면 적당한 곳에서 쉬었다가 다시 돌아다니는 수렵활동이 주된 일이었고, 이것은 수컷으로서의 책무이기도 했다. 열심히 사냥해서 가족을 먹여 살리겠다는 사명감으로 목숨을 내어놓고, 맹수와 혈투를 벌이며 살아야만 했던 것이다.

그럼 남자가 여자를 먹여 살린 것인가?

아니다. 역으로 생각하면 남자는 여자에게 고용된 머슴이었을 수 있다. 그런데 남자는 힘이 약한 여자를 보호해야 한다고 세뇌교육을 받고 살아온 것일 수도 있다. 수컷으로서의 자존심, 잘 교육된 책무와 의무감 때문에 몸이 망가지는 줄도 모른 채, 여자가 비웃을 수도 있는 주인 행세를 하고 산다. 그나마 수컷으로서의 의무와 주어진 책무만 잘 해내도 다행이다. 때로는 자신에게 주어진 책임감도 다하지 못하면서 수컷의 자존심만 내세우는 남자들을 보면 같은 남자로서 부끄럽다.

집안에 여자가 없으면 집안이 썰렁하고 도대체 살맛이 나질 않는다. 아이들도 엄마가 없으면 애정결핍 증세가 나타난다.

대체적으로 여자들은, 생존경쟁을 벌여야 하는 들판에서의 싸움이 얼마나 치열한지 잘 모른다. 남자들은 생존경쟁이 치열한 곳에서 일을 하다 보니, 권모술수, 사기, 배신 등의 일들을 겪기도 하고, 치졸한 인간들과 많이 접하기도 한다. 여자는 자기만 사랑한다고 하면, 또는 자신이 사랑하는 사람이라면, 그를 위하여 목숨을 바칠 수도 있다. 남자에게선 좀처럼 있을 수 없는 행동이다.

여자는 만물의 생명기원이다.

그 몸 속에서 생명이 잉태된다. 소망이나 구원보다 더 중요한 사랑의 본체이다. 고목나무에서도 새순이 돋고, 새가 날아들 수 있도록 온기(溫氣)를 만드는 힘이 있다. 여자는 정말로 금은보화가 가득 찬 보배로운 대지이다.

심각한 문제는 여자 자신이 얼마나 보배로운 존재인지를 모르고 살고 있을 뿐만 아니라, 어떤 이는 아예 포기하고 사는 것 같다. 남자의 무식한 물리적인 힘 앞에서 여종을 자처하면서 살기도 한다.

사냥도 제대로 못하면서 여자 앞에서 큰소리치는 치졸한 남자도 정신 차리고 살 일이지만, 자신의 진정한 가치를 모르고 사는 여자들도 정신 차려야 한다.

여자들 스스로 삼라만상을 창조하고 탄생시키고, 사랑으로 모든 것을 녹일 수 있는 대지를 가지고 있음을 깨달아야 한다.

속궁합,
20년을 침대에서 같이 잔다

028

양(陽)이 절대로 음(陰)을 이길 수가 없다.
(사랑과 결혼 그리고 일)

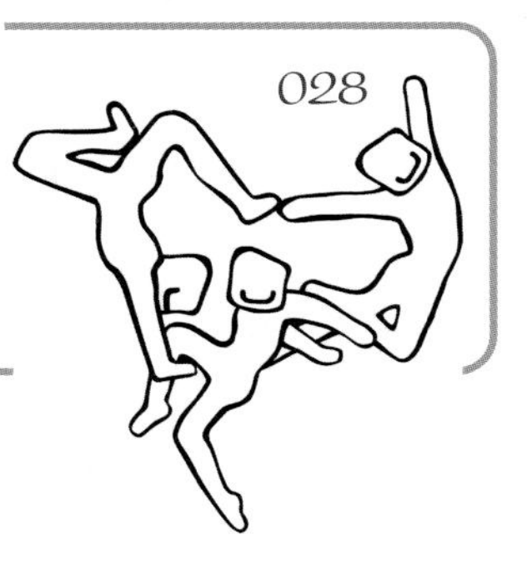

"요즘 세상에 무슨 속궁합이야?

나노(NANO) 엔지니어링에 알파고를 논하고 있는 이 시대에, 귀신 씻나락 까먹는 소리를 하고 있어?"

많이 듣던 소리일 것이다.

간혹 종교인 자식들도 결혼 전에 속궁합을 본다는 이야기를 들었다. 성(性)에 대한 것을 공개적으로 말하는 것이 어색하고 불편하기는 해도, 성(性)은 식욕(食慾), 물욕(物慾)과 함께 인간의 3대 욕구 중 하나이다. 그만큼 우리 삶에서 중요한 자리를 차지하고 있다.

자식의 결혼을 앞둔 부모들은 자식에게 이 부분을 숨기지 말고 설명해줘야 한다. 그러나 부모 자신도 성에 대한 전문적인 지식이 없을 뿐만 아니라, 어떤 논리로 이 내용을 펼쳐야 할지도 알지 못하며,

또한 이에 대한 소신조차 없는 것이 현실이다. 대충 주변에서 듣는 이야기와 음담패설(淫談悖說)이, 그들이 가지고 있는 성(性)에 대한 지식의 전부인지도 모른다. 나 또한 성에 대하여 아주 적은 부분만 알고 말하는 것 같아 조심스럽다.

결혼을 한 대부분의 부부들도, 30대 중반까지는 부부간의 성이 서로 맞는지조차 모르고 산다. 그러나 40대 전후에 들어서면 분명히 드러나기 시작한다. 이전까지는 젊음의 힘으로 속칭, 속 궁합이 좋은지 나쁜지를 좀처럼 느끼기가 쉽지 않다. 아니 느끼지 못하는 것이 아니라 느낄 겨를이 없다고 보는 것이 맞다. 아주 극단적인 경우지만, 결혼하고 얼마 되지 않아 배우자가 죽고, 다시 재혼하였으나 또다시 죽는 경우가 있다. 간혹 외국에서 현지처와 자다가 심장마비로 죽었다는 기사도 있다.

인간관계에서 서로 상극(相剋)이 있듯이, 성(性)에서도 분명 상극이 있다. 이런 사이에서는 성관계를 하면 할수록 몸이 망가지게 되어있다. 반대로 서로 좋은 속궁합의 성생활은 암까지도 낫게 한다고 한다.

해외 토픽 기사에서 암에 걸린 환자가, 자기와 결혼하고 성생활을 하여 암이 나으면 많은 돈을 주겠다는 기사를 본 적이 있다.

명리학자 또는 철학관에서 들어보면, 그들은 이 문제를 인생에서 아주 중요한 테마로 취급하고 있다. 정확한 통계자료는 제시할 수 없으나, 나의 주변을 조금 넓게 살펴보면, 모든 부부의 60%는 결혼생활을 영위할 수 없는 환경에서 사는 것 같다. 정 때문에, 돈 때문에, 자식 때문에, 체면 때문에 등등, 이런저런 사연 때문에 어쩔 수 없이 같이 산다. 나머지 40% 중 20%는 혼자 사나, 같이 사나 별 차이가 없기 때문에 살고, 나머지는 혼자 사는 것보다는 둘이 사는 것이 낫기 때문에 살고 있다고 생각된다.

금슬 좋은 부부는 그 중 한 명이 먼저 죽게 되면, 홀로 남은 배우자도 시름시름 앓다가 얼마 되지 않아 죽는다고 한다. 이러한 부부는 극소수이며, 배우자가 죽으면 화장실에서 웃는다는 우스개 이야기도 있으니 결혼생활에 대하여 다시금 생각해 볼 일이다.

30대의 부부는 마주 보고, 40대는 천장 보고, 50대는 등 돌리고, 60대는 각 방 쓰고, 70대는 서로 어디서 자는지도 모른다고 한다. 물론 농담이겠지만 왠지 웃음보다는 씁쓸함이 앞선다.

오죽하면 전생의 원수가 현생의 부부로 만났다고 하겠는가?

부부가 사망한 후 분묘를 결코 합장하지 않도록 권유하는 것도 일리가 있다는 생각이 든다. 음택론자(陰宅論者)들에 따르면 생전에 부부 사이가 좋지 않은 사람을 합장(合葬) 하면 그 자손들이 절대 사이좋게 살 수가 없고, 거의 다가 이혼한다고 한다.

요즘 젊은이들은 혼전 동거를 한 후에 결혼 결정을 하겠다는 사례가 많다고 하는 것을 보면, 옛사람과는 사뭇 다른 사고를 가지고 있는 것이 분명하다.

우리 자식들이 1% 범위 안에 포함되길 기대하는 것보다는, 60% 안에 들지 않도록 조언해 주는 것이 현명한 일이다. 자식 가진 부모가 아들, 딸한테 말하기를,

"내가 같이 살 여자가, 남자가 아니니 너만 좋다면 나도 좋다."는 식의 무책임한 소리는 하지 말자.

그들은 배우자와 함께 일생의 1/3 이상, 20년 이상을 같은 침대에서 같이 잔다.

문 밖에서는 호랑이 같은 감각으로 살자

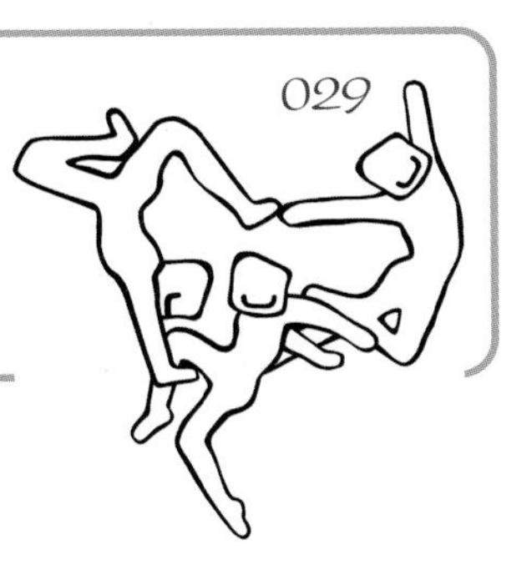

양(陽)이 절대로 음(陰)을 이길 수가 없다.
(사랑과 결혼 그리고 일)

어렸을 적, 호기심 때문에 망원경으로 다른 사람의 집을 훔쳐본 적이 있었다. 그 집 주인으로 보이는 남자가 옷을 모두 벗고 나신(裸身)으로 거실을 배회하고 있는 광경이 눈에 들어왔다. 한참 후, 다시 한 번 망원경을 들었는데, 꽤 긴 시간이 지났는데도 그때까지 그 모습 그대로였다. 성인이 되고 나서도 그 사람이 무엇 때문에 그러한 행동을 했는지, 한동안 이해할 수가 없었다.

대부분의 남자들은 자신과 가족을 위해 일터에 출근하여 경쟁적으로 일을 한다. 현대 산업사회에서는 문명의 이기(利器)들을 이용하여 생산성을 논하지만, 인류 초기의 남자들은 노루, 토끼 등을 사냥하여 가족들을 부양했다.

사냥을 다니다 보면, 호랑이, 사자 등 맹수들을 만나 목숨이 위태로운 적도 많았을 것이다. 그 시대의 남자들이 밖에서 일하면서 겪는 위험과 어려움은 말로 표현하기 어려웠으리라. 그야말로 생사가 오락가락하는 사냥이었을 것이고, 집 문을 나서면 먹이를 서로 차지하려는 다른 인간들로 전쟁을 방불케 하는 치열한 생활이었을 것이다. 그 옛날의 남자들이 먹느냐 먹히느냐 하는 극한 상황에서, 자신과 가족을 지키기 위해 매일 매일 힘겹게 살았듯이, 오늘날의 가장들도 생존하기 위해 받는 스트레스가 원시시대의 그것과 별반 다르지 않을 것이다.

언제 맹수가 나를 덮칠지 모른다. 그야말로 십 리 밖의 바람소리를 알아차릴 수 있는 호랑이 같은 감각으로 살아야 한다. 그런 감각을 가지고 사냥을 해야 내 집안을 꾸려갈 수 있는 것이다.

노루나 토끼를 잡았다고 해서 모두 다 집으로 가져올 수도 없다. 집에 오는 길에 세무서에서부터 조폭에게까지, 예기치 못한 상황에서 뺏기는 것도 한두 가지가 아니다. 빼앗기고 남은 것으로 가족들을 부양한다. 잠들어있는 가족들을 보며 오늘도 무사했다는 안도감도 잠시이고, 내일의 사냥을 위해 준비해야 한다.

가정은 원래 사랑의 집단인 동시에 소비 집단인 것이다.

내가 가장이 된 이후에야 오래 전, 집안에서 발가벗고 다니던 그 가장의 심리상태를 어느 정도 이해할 수 있을 것 같았다.

전쟁을 끝낸 장수들이 집에 돌아와 무거운 갑옷을 벗고 평안을 즐

기듯, 정글의 법칙이 난무하는 경쟁 사회에서의 스트레스를 벗기 위한 하나의 방편이 아니었나 하고 해석해 본다.

가정을 지켜야 하는 남자들은 십 리 밖에서 누가 나를 지켜보고 있는지, 그것까지도 느끼면서 살아야 한다. 호랑이처럼……

의리란 내가 손해 보는 것을 감수한다는 뜻이다

030

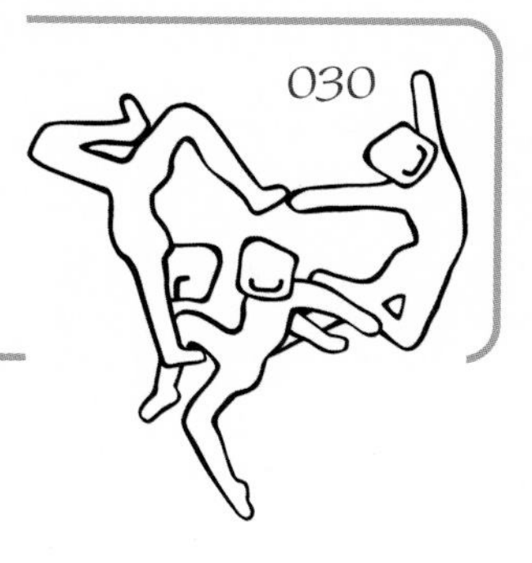

양(陽)이 절대로 음(陰)을 이길 수가 없다.
(사랑과 결혼 그리고 일)

일반적으로 10대 중반부터 교우관계의 덕목 중 으뜸은 의리로 생각하고 살기 마련이다. 내 아버지께서도 생전에 약주라도 한 잔 하시면 나를 앉혀놓으시고, “사내들 사이에는 반드시 의리가 있어야 하고, 이를 지키기 위해 노력해야 한다.”고 말씀하시곤 하셨다. 이렇듯 자라오면서 의리라는 말을 쉽게 접하기는 하지만, 그 진정한 의미가 무엇인지는 참 애매모호한 것 같다. 자주 보는 술친구와 취중에 손가락 걸며 지키자고 약속한 의리와는 분명 동일하지 않은 것이다.

치열한 생존경쟁 속에서 가방 하나 들고, 직업 따라 왔다 갔다 하는 직장인들에게, 의리라는 단어는 패배자들에게서 흘러나오는 궁색한 자기 합리화에 사용되는 미사여구(美辭麗句) 쯤으로 전락한 지 오래다. 이처럼 산업사회로 접어들어 가면서 남을 위한, 의리 있는 삶을 추구하기보다는, 자신의 품위와 매너를 갖추기 위해 더 많은 공을 들이는 산업시대가 되어 버렸다.

십 년을 넘게 알고 지내는 선배가, '내가 힘들어 할 때, 아무 말 없이 백만 원을 서슴없이 내줄 수 있는 사람이 자기 곁에 세 명만 있어도, 그 사람의 인생은 성공한 것'이라는 이야기를 한 적이 있다.

의리(義理)라는 단어를 사전에서 찾아보니, '신의(信義) 바른 도리와 의무를 뜻하는 것'이라고 되어있다. 사전에 나와 있는 것은 상당히 광범위하고 추상적이어서 내가 알고 있는 뜻과는 약간 유리(遊離)되어 있는 것 같았다. 술 친구는 아무나 하고 할 수 있으나, 의리를 지킨다는 것은 아무하고나 할 수 있는 것은 아니라고 생각한다. 비록 고도의 산업사회에 들어서면서 의리라는 말이 퇴색하고 있지만 그래도 의리를 지켜야 할 사람이 내 주위에 있는 것은 확실하다.

의리를 지킨다는 것은, 상대방이 현실적으로 내 도움이 필요할 때 서슴없이 도와줄 수 있는 것이라 말할 수 있다. 그것은 물질적이거나 정신적이거나 상관없이 포괄적인 개념이다. 의리를 지켜야겠다고 생각하면, 또한 의리를 지킬 가치가 있다고 판단되는 사람한테는 항상, 혹여 나에게 손실이 생기더라도, 그 사람을 도와줌으로써 나의 행복감이 더 커질 수 있다.

한때 우리나라가 이혼율이 최고조로 높아지다가 최근 들어서 다시 떨어지고 있다고 한다. 의리는 꼭 동성(同姓)간에만 존재하는 것이 아니며, 이성(異性)간에도 존재하기 마련이다. 결혼 전에 애인에게 한 약속을 끝까지 지키려고 노력하는 것 또한 그 무엇보다 큰, 부부간의 의리라고 말할 수 있다. 동성이든, 이성이든 서로 오랜 기간을 지내다 보면, 그전에는 모르고 있던 많은 장단점들이 보이기 시작한다. 새로 알게 된 단점이 이별의 사유가 될 만큼 결정적인 것이 아니라면, 사소한 단점들은 가슴에 품고 그 관계를 이어가며 살아가는 것이다. 그것이 수리적 계산으로 나에게 손해가 된다 할지라도 말이다.

설사 사소한 손해가 생기더라도, 그것을 감수하며 가슴 깊이 깔려 있는 사랑의 약속을 지키는 것이 바로 의리라 말할 수 있는 것이다.

친구 간의 의리, 부부간의 의리, 부모와 자식 간의 의리, 이런 것들은 손해와 득실로 판단하기보다는, 그 밑바탕에 깔려 있는 사랑의 힘으로 넘어가는 것이 진정한 의미의 의리가 아닐까 생각해 본다.

나이가 들다 보니 사고의 범위가 축소되고 이기적인 동물로 변화되는 나를 보게 된다. 달라이라마께서 말씀하셨다고 한다.

"열 번의 깨달음보다 한 번의 실천이 더 귀하다."

의리를 실천하기 위해서 항상 베풀고, 손해 보며 살아가는 것을 행복으로 여기는 마음의 준비를 해야 되겠다.

기회는 내가 만드는 것이 아니고 찾아오는 것이다

031

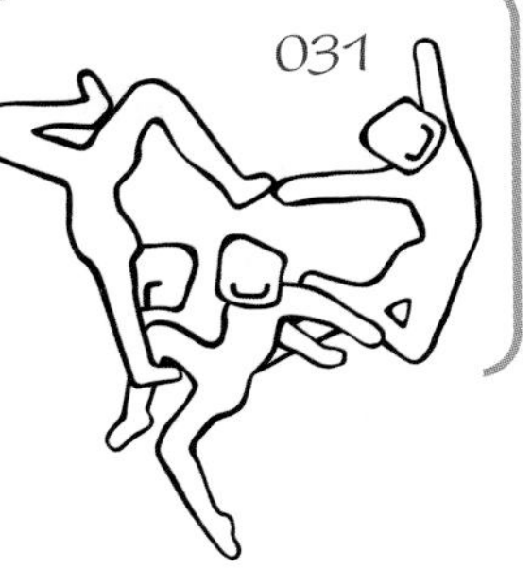

양(陽)이 절대로 음(陰)을 이길 수가 없다.
(사랑과 결혼 그리고 일)

사람들이 추구하는 것은 각자 취향에 따라서 다르겠지만, 대게 그 시대의 분위기나 그 시대에 추구하는 바가 각 사람에게도 영향을 미친다고 본다. 남들보다 공부를 잘하고, 개인마다 하나의 특기를 갖기를 원하며, 좋은 배필을 만나고, 사회적으로 인정받아 출세하고, 경제적으로 부유하고, 자식들이 속 썩이지 않고 잘 커주는 것 등이 일반인들이 갖는 가치 표준이라고 말할 수 있을 것이다. 그러나 많은 사람들이 자기 인생에 점수를 매겼을 때, 60점을 넘기기가 쉽지 않은 것 같다. 며칠 전에 신문을 보았더니 스스로를 극빈자(極貧者)라고 생각하는 사람이 전체 인구의 45%가 넘어간다는 기사가 있었다.

사업을 하는 모든 사람들이 갖는 공통된 관심사가 몇 개 있다.

어떻게 부가가치를 창출할 것인가? 어떤 아이템이 적합한가? 자금의 유동성 관리는 잘 되고 있는가? 노사관계는 매끄러운가? 등. 이런 것들을 충족시키기 위하여 젊은 날에는 나름대로 열심히 공부도 하고, 원만한 인간관계를 만들기 위하여, 또는 판단력과 실천력을 강하게 하기 위하여 많은 시간을 투자해보건만 뜻대로 이루어지지 않는다. 이런 기회를 잡는 것이, 인간의 노력만으로 되는 것은 아닌 것 같다.

옛날 어른들이 말씀하시기를, 일생에 세 번의 기회가 온다고 했다. 기회가 오는데 내가 그 기회를 잡느냐, 못 잡느냐는 또 다른 별개의 문제이다. 어떤 기회가 온다고 한들, 그 기회가 보약이 되는지 독약이 되는지는 세월이 지나서 결론이 나야지만 알 수 있는 것이다.

결혼 적령기의 예비 신랑, 신붓감들이 자신들의 이상형을 찾고자 수많은 노력을 해봐도 찾지 못하고 있다. 예전에는 부모님들이 며느리, 사윗감을 찾으려고 노력했다면, 요즘 세대들은 본인들 스스로의 이상형을 찾는 데에 더 무게중심이 실린 것 같다. 그러다 보니 노처녀, 노총각들이 너무 많다.

또한 실제로 나한테 맞는 직장이나 사업 아이템을 찾는 것이 결혼의 배필을 찾는 것만큼이나 힘든 것 같다.

열심히 살다 보면, 어느 날 내게 다가온 기회의 등에 올라앉아있는 것을 알 수 있고, 또한 마음이 조급하여 일을 벌이다 보면 내가 기회라고 생각하여 올라앉은 것이 내게 해가 되는 것임을 뒤늦게 알아차리게 되는 경우도 있다.

자연스럽게 찾아오는 기회는 나도 모르는 사이, 내가 그 기회를 이미 잡고 있었던 것을 느끼게 된다. 그러나 조작하여 만든 기회는 기회라고 할 수 없고, 인위적으로 만든 하나의 모조품에 불과한 것이다.

세상을 억지로 살려고 하지 말고, 바른 판단과 양심을 가지고 살다 보면, 전혀 생각하지 못한 데서 기회가 아주 자연스럽게 내게로 오는 것이다.

나는 매일 다시 태어난다

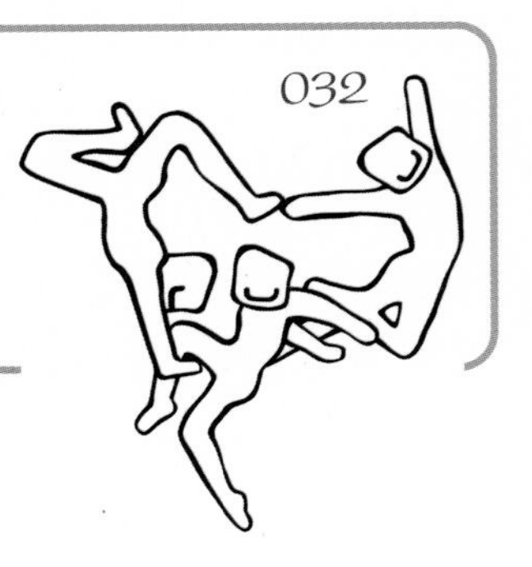

양(陽)이 절대로 음(陰)을 이길 수가 없다.
(사랑과 결혼 그리고 일)

예수가 디고데모에게 진실로 진실로 내가 이르노니 사람이 거듭나지 아니하면 하나님 나라를 볼 수 없느니라 한 부분이 있다. 거듭난다는 말은 다시 태어난다는 뜻인데 이는 기독교에서 영적인 변화를 의미하는 것이다. 내 주위에 영적으로 정말 거듭난 사람이 있다. 정말로 옛 것은 옛사람이 아니고 완전히 새로운 사람으로 돌변한 사람이…… 과연 나는 저렇게 변할 수 있겠는가? 종교적인, 영적인 변화는 고사하고 10분의 1이라도 변화를 원하고 있다.

구두를 한 번 닦으면 반나절이 즐겁고, 목욕을 하고 나면 3시간이 행복하고, 새 차를 사면 한 달이 새로워지고, 애인을 생기면 18개월이 즐겁다 하였다. 나는 여자가 아니라 모르는데 미용실을 다녀오면

몇 시간이 즐거운지 궁금하다. 옛 것을 보내고 새로운 것을 맞이하는 변화를 가질 수가 있는가? 왜 옛 것을 버리려고 하는가? 왜 새로운 것을 구하는가? 요즘처럼 여러 방면에서 변화무쌍하게 이루어지고 있고 앞으로는 지금까지 변화한 속도에 제곱의 속도로 변화할 것 같다. 이 극도의 산업사회, 자본주의 사회에 다양 다극화된 사회에서 나의 정체성을 찾기가 쉽지 않다.

일 년에 우리나라에 자살자 수가 16,000명 정도라 한다. 하루 평균 약 45명씩 자살하는데, 자살하는 이유를 추정하여 볼 때, 과거에 기억하고 싶지 않은 아픈 추억들 이로 인한 우울증 환자 또는 물질적이든 정신적이든 도저히 현재를 극복할 수 없는 자들, 현실이 너무 각박해서 못 견디는 자, 미래에 전혀 희망이 없고 삶의 가치가 전혀 없는 자로 구분 될 것이다.

현재라는 것은 과거와 미래를 이어주는 한 시점에 있는데 상당히 많은 사람들이 과거에 아픈 추억을 이기지 못해서 많은 우울증 환자 또는, 현재의 상황이 내가 전혀 바뀔 가능성도 없을 뿐만 아니라 자신도 없는 사람들이 이런 문제점들을 어떻게 극복 할 것이냐. 과거의 잘못된 나를 하루빨리 떨쳐버리고 새 사람이 되어야지 삶이 지금보다 훨씬 더 희망적이고 발전적일 것이다. 어제의 망신당한 일, 다툼, 좌절감을 하루빨리 잊어버리고 오늘의 나는 어제의 내가 아니다!

설사 매일 반복되는 어려움이 있을지라도 아침에 일어날 때 마다 나는 어제의 내가 아니라고 나 스스로를 세뇌시켜 성경에서 말하는 영적으로 거듭나지는 못 할망정 어제의 나는 되지 말자.

나는 어제도 오늘도 내일도 다시 태어날 것이다.

2부
適時適材 Timely Person

– 나이가 들기 시작하면 때가 우선이고,
사람은 뒤따라가는 것이다

대인관계對人關係

무엇을 조심할 것인가?

Relationship

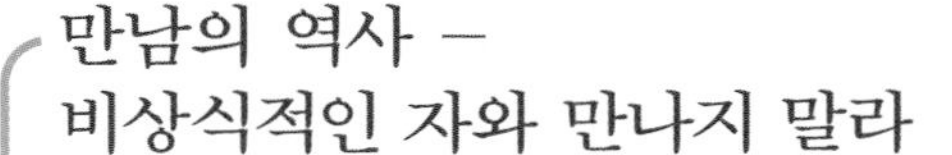

만남의 역사 – 비상식적인 자와 만나지 말라

033

무엇을 조심할 것인가?(대인관계)

어린 시절, 친구 때문에 어머니와 실랑이를 많이 했다.

나에게는 절친한 친구인데, 어머니께서 만나지 못하게 중간에서 방해를 하시곤 했다. 때론 친구가 문 밖에서 나를 부르면, 그 부름이 채 끝나기도 전에, "집에 없다."라고 대답을 가로채시기도 하셨다. 어머니께서는, 그 친구와 가깝게 지내는 것이 나에게 좋지 않은 영향을 끼칠 거라고 생각하셨던 것이다.

성공과 실패의 원인이 여러 가지 있겠지만, 그 중 하나가 누구를 만나느냐에 따라서 결정되는 것은 사실이다.

태어나는 순간, 어떤 부모를 만나느냐에 따라 청, 장년기까지 자신의 인생이 결정된다. 특히 인생의 초년 복(初年 福)은 부모가 중대한 역할을 한다. 또한 학창시절의 옆자리 짝꿍이 청소년 시기에 큰 영향을 끼칠 수가 있으며, 결혼을 할 때 배필이 누가 되느냐 하는 것이, 최소한 중년에서 말년까지의 인생을 좌우하게 된다.

친구와 배필이 중년 복(中年 福)에 있어서 중대한 요소가 된다는 뜻이다. 사기꾼을 만나면 사기를 당할 것이고, 강도를 만나면 강도를 당할 것이다. 좋은 스승을 만나면 바르게 사는 법을 깨닫게 될 것이고, 바른 직장 상사를 만나면 나의 직장 생활에 밝은 미래가 있을 것이다.

만남의 중요성은 아무리 강조해도 지나치지 않다. 인생은 정말 만남의 역사인 것이다.

헤겔의 변증법(辨證法)에 의하면 정(正)과 반(反)이 부딪치면 새로운 합(合)을 이루고, 거기에서 다시 정과 반이 생성되며 또 다른 합이 계속하여 창출된다고 했다. 이 변증법을 아래와 같이 색다른 환경에 대입해 해석해 본다.

정(正)이 반(反)을 흡수해서 합을 이루면, 세상이 큰 흔들림 없이 점증적으로 발전한다. 허나, 반(反)이 정(正)을 흡수하여 합을 이루면 세상이 시끄러워지고 엄청난 혼란이 가중된다. 둘 중에 어느 것이 맞다, '틀리다'에 대한 논리가 아니고, 평화로운 진행과 혼란스러운 과정에 대한 비교일 뿐인 것이다.

발전에 대한 속도와 방향은 논의 대상에서 둘째로 하더라도, 인간은 누구나 평화로운 상태에서 발전하기를 원한다.

주위에 만일 반(反)이 정(正)을 흡수하려고 하는, 아주 돌출된 행동과 의식을 가지고 있는 사람이 있다면 조심해야 한다. 이들은 일반인들이 생각할 수 없는 비상식적인 논리를 전개한다. 이들의 다음 행보는 누구도 예측할 수 없다. 그들이 주장하는 것처럼, 한 방에 대박이 날 수 있는 기발한 생각과 행동이 있을 수도 있겠지만, 대체적으로 득(得)보다는 실(失)이 훨씬 더 크다고 생각된다.

그런 행위에 대한 근본적인 사상은 대부분 너와 나를 위한 개념이 아니고, 나 혼자만을 위한 개념이 더 크게 자리 잡고 있는 것이다. 그들은 기득권과 기성세대를 뒤집어버리고 새로운 질서를 창조해야 한다고 생각한다.

또 정말 조심해야 할 사람은, 상식적인 것을 완전히 백안시(白眼視) 하고, 현실과 전혀 동떨어진 논리를 가지고 접근하는 사람이다.

옆집에 부자가 살면 열심히 공부하고 노력해서 그 부자처럼 될 것을 꿈꾸며 사는 젊은이가 있는가 하면, 또 다른 사람은 시기와 질투심으로 가득 차 부자가 망하기를 바라고, 야밤에 돌팔매질을 하는 사람도 있다.

지금부터 만나야 할 사람은 현실을 인정하고, 보다 나은 삶을 위하여 노력하는 적극적이고 긍정적인 사람이다.

말장난으로 옆 사람을 현혹시키는, 비상식적인 논리를 가진 부정적인 자는 내 정신을 파먹은 좀 벌레와 같은 것이다.

40세가 넘으면 동창에게도 말조심해야 한다

034

무엇을 조심할 것인가?(대인관계)

초등학교 3학년 때, 그때가 1960년도 경이었는데, 당시 삶의 질이라는 것은 지금의 아이들은 도저히 이해할 수 없을 정도로 어렵고 궁핍했다.

나의 부친이 당시 공무원이었기 때문에 명절에 사과상자라도 들어오고 하여, 그나마 다른 가정보다는 조금 여유가 있었다. 하지만 식량을 아끼기 위해서 일주일에 몇 끼니는 죽을 끓여 먹었던 기억이 있다. 기초 생활도 되지 않아 매 끼니 밥을 먹기도 힘든데 용돈을 타서 쓴다는 것은 상상할 수도 없는 일이었다. 책을 사야 한다는 그럴듯한 거짓말을 해서 용돈을 만들어 쓰던 기억도 있다.

경제적으로 쪼들리는 세상살이가 힘들다 보니, 어떤 집에서는 부모와 자식 간에도 무시무시한 욕을 예사롭게 쓰기도 했다. 부모님께도 그러했으니, 하물며 친구들 사이는 굳이 언급할 필요가 없을 만큼, 입에 담기도 낯부끄러운 욕설이 일상 언어처럼 사용되던 시절이었다. 지금은 물질이 풍부한 세월을 살다 보니 그런 무시무시한 욕을 뱉는 경우가 거의 없다. 그런데 간혹 예전 친구나 동창들 모임에 나가보면 여전히 그런 욕설을 입에 담는 이들을 보게 된다. 이놈, 저놈뿐 아니라, 혹시 우리를 제외하고 듣는 사람이 없나 주변 눈치를 보게 될 정도로 험악한 욕들이 오가는 상황이 다반사여서 나를 당황하게 만들곤 한다.

이제는 우리 세대가 사회적으로나 정신적으로 어른의 자리에 있으니 굳이 당시, 청소년의 분위기를 고집할 필요조차 없는 나이들이다. 그런데도 욕설로 인사를 주고받아야 옛 추억이 되살아나는 것처럼 행동하는 걸 보면 안타깝고 마음이 아프다.

존 에프 케네디는 마흔셋에, 버락 오바마는 마흔일곱 살에, 미국의 대통령이 되었다. 남들은 그 나이에 대통령을 하는데, 아직도 어떤 과거에 머물러 생각나는 대로 욕질과 험한 언행을 함부로 해서야 되겠는가?

며느리와 사위들을 맞이하는 나이임에도 불구하고 생각과 행동이 여전히 옛 시간에 머물러 있어서는 안 되지 않겠는가?

낮에는 박 과장, 이 부장, 김 사장 하고 불러주고, 모처럼 만나 술 한 잔 먹고 과거를 회상할 때는 "이 친구, 이 사람"이라는 표현을 양념 삼아 한 마디 말하면 격조 높은 인간관계가 형성될 수 있다.

친근감을 갖기 위해 일부러 듣기에 거북한 은어와 비속어나 직설적이고 원색적인 표현을 쓰는 것은 이제 삼가야 한다.

말은 외적인 자기표현이며, 인격을 가늠하게 하는 잣대이다.

스스로의 얼굴에 먹칠하고 다른 사람의 웃음거리는 되지 말아야 할 것이다.

원수가 나를 푸른 초장으로 인도하는도다

035

무엇을 조심할 것인가?(대인관계)

누구나 살면서 삶의 위태로움을 한두 번씩은 겪어보았을 것이다. 사람은 일생 동안 위기와 기회가 각각 세 번씩 찾아온다고 한다. 다만 우리가 모른 채 스치고 지나갈 수도 있긴 하지만…… 직장생활을 하는 사람, 사업을 하는 사람, 심지어는 한 국가도 각각 큰 위기를 겪고 또 다른 기회와 함께 이 자리까지 온 것이다.

누구나 만나는 사람마다 그 관계가 다 좋을 순 없다.

사람에 따라서 가지고 있는 것을 다 주어도 아깝지 않은 사람이 있고, 또한 어떤 사람은 내 삶에서 아무런 의미가 없는 사람이 될 수도 있다. 나에게 돌이킬 수 없는 상처를 준 사람에 대해서는 죽이고 싶은 마음을 가질 수도 있다.

오랜 기간 사회생활을 하는 동안, 나 역시 삶의 위기와 기회가 몇 번씩 있었는데, 시간이 흐른 뒤 위기의 순간을 다시 돌아보면 그것이 위기만은 아니었고, 한 쪽에 좋은 기회를 동반했었다는 사실을 깨닫곤 한다.

'인생만사 새옹지마(人生萬事 塞翁之馬)' 또는 '위기는 곧 기회다'라는 말과 같이 위기 뒤에 더욱 강해짐으로 해서 더 큰 위기를 극복하기도 했다.

성경에서 원수를 사랑하라 하였는데, 사랑이란 내가 어떤 형태로든지 정신적으로 만족을 해야지만 상대적으로 느낄 수 있는 감정인데 원수한테 무슨 만족이 있어 사랑을 느낄 수 있겠는가? 젊은 시절에는 전혀 이해가 되지 않았던 글들을 세월과 함께 조금씩 이해할 수 있게 되었다.

오래 전 원수 같은 사람 때문에 커다란 위기를 모면한 적이 있었다. 중대한 일을 결정하는 과정 중, 원수같이 생각되는 사람이 그 일과 연관되어 있었다. 그래서 원래 가고자 했던 방향을 바꿔 다른 길을 선택했는데, 추후 그 일이 끝난 후 되짚어보았다. 원래의 길을 택했더라면 사세(社勢)가 흔들릴 정도로 수렁에 빠질 뻔한 일이었다. 원수가 원수가 아니고 때로는 나를 도와주는 천사가 될 수도 있다는 삶의 깊은 뜻을 새기는 계기가 된 사건이었다. 또한 원수를 사랑하라는 성경 구절이 이 우둔한 머리로 조금은 이해가 되기도 하였다.

또 한 번은 길에서조차 만나기 싫었던 사람이 사무실로 찾아와서 말도 안 되는 부탁을 하였고, 계속 상대해줄 수가 없어 핑계를 대고 타지방에 있는 사업체로 피한 적이 있었다. 전화위복(轉禍爲福)이라 했던가, 만일 그때 내가 그곳에 가지 않았더라면 예기치 못한 큰 손실을 볼 뻔하였다. 내가 가장 싫어하고 경계했던 사람이 위기가 있는 사업장으로 나를 보내어 위기를 수습하게 하였으니, 그 자가 나를 푸른 초장으로 인도한 상황이 된 셈이다.

우리 삶에서 위기가 오면 또 다른 기회가 오려고 하는지를 생각해보고, 원수 같은 자가 나에게 접근할 때는 운명이 나를 어느 푸른 초장으로 인도하려고 하는지를 복합적으로 생각해 볼 필요가 있다.

많이 만날수록 적이 많아진다

036

무엇을 조심할 것인가?(대인관계)

정치인은 만나는 사람마다 모두 자기 편을 만들고자 한다.

비위 좋다고 소문 난 어떤 분은 좋은 사람이든 아니든 가리지 않고 동네방네 모르는 사람이 없다. 사람을 쉽게 만나고, 쉽게 사귀는 것을 보면 대인관계에 있어서 때론 부러움의 대상이 되기도 한다.

처음 사귀기는 힘들지만, 한 번 사귀면 진국 같은 사람이 있는가 하면, 만나는 사람마다 부딪치고, 좌충우돌해서 접근하는 것조차 어려운 사람도 있다. 친구를 잘 만드는 사람이나, 좌충우돌하는 사람이나, 각각 그 나름대로의 특성과 개성이 있다. 여러 명이 모인 집단에 가보면, 받은 것도 없는데 정감(情感)이 가는 사람이 있기도 하고, 준 것도 없는데 미운 사람이 있기도 하다.

특별히 정감을 느끼는 사람을 만나는 것은 극히 드물다. 명리학의 단순 논리로 보면, 12지(十二支)에서 나와 합(合)이 든 것은, 나를 빼놓고 11명 중, 단 한 명밖에 없다고 한다. 충(沖), 형(刑), 해(害), 파(破)에 속하는 사람은 11명 중 4명이 있고, 나머지 6명은 그저 그렇다는 것이다.

이 여섯 명도 구체적으로 따지면, 좋은 쪽보다는 나쁜 쪽으로 속하는 경우가 늘어난다. 인덕(人德)이 있다는 소리는 나와 합이 든 사람을 만나는 횟수가 남들에 비해서 더 많다는 소리다. 인덕이 없다는 소리는 나와 합이 든 사람을 거의 만나지 못했다는 소리다. 합이 든 사람은 나를 위하여, 때에 따라서는 목숨까지도 준다는 것이다.

이 합이 든 사람을 어떻게 찾느냐가 문제이다.

또한 충형해파(沖刑害破)에 걸린 사람을 어떻게 피하느냐 하는 것도 중요한 관건이 될 것이다. 논리적으로만 생각한다면 이 분류에는 부모, 자식도 포함된다. 간혹, 신문에서 접하는 부자지간(父子之間)의 소송사건이나, 형제지간에 재산 문제로 소송하는 것도 이러한 예의 하나라고도 할 수 있다.

이러한 경우는 특정인에게만 있는 사례가 아니며, 상황이 닥치면 나에게도 생길 가능성이 얼마든지 있다. 좋을 때만 좋은 것이지 나쁠 때도 좋은 것은 아니다.

사회생활을 할 때 만나야 할 사람을 피하고, 같이 살아가야 할 부모형제를 저버리자는 말이 아니고 잘 살펴서 잘 살아가자는 말이다.

40세 이후 철이 들면 만나야 할 사람도, 만나기 전에 한 번씩은 점검해보기 바란다. 짧은 인생을 살아가는 동안, 나와 맞지 않는 사람을 만나서 인적 고통을 당하며 살 필요는 없지 않겠는가?

이런 것을 정확하게 구분하고 살지는 못할지라도, 어떤 자세로, 어떤 사람들을 만나면서 살아가야 하는지 숙고해야 한다.

순수성이 떨어지며 이해관계가 부딪히는 나이가 되면, 많은 사람을 만나면 만날수록 친구보다 적이 훨씬 많아진다.

65세부터는 하나씩 멀어져 간다

037

무엇을 조심할 것인가?(대인관계)

사람은 보편적으로 불과 서너 명 남짓, 소수 가족들의 축복 속에서 태어나게 된다. 나이가 들어 학교에 입학하면서 교우관계를 통하여 좀 더 많은 사람을 접하게 되며, 직장에 다니게 되면서 성격, 나이, 직업 등이 다른 가지각색의 다양한 분야의 사람들과 관계를 형성하게 된다.

정도의 차이에 따라 활발하게 움직이는 사람은 그 폭을 헤아리기가 힘들 정도로 광범위한 인간관계를 맺기도 한다. 그렇게 하는 동안 인간관계에서 실망도 하고, 남에게 실망스런 일도 안겨주고, 좌충우돌하면서 불혹(不惑)이라고 하는 40세에 이른다. 이때가 되면 사람을 보는 식견(識見)도 생기고 나름대로 자신과 맞는 친구와 맞지 않는 사람을 구분할 수 있게 된다. 사람들과 부대끼면서 배운 경험으로 유혹(誘惑)에 혹(惑)하지 않는 시기가 되는 것이다.

50대 중반을 넘기면 생각이 굳어지고 아집이 커지면서, 이 사람은 이래서 싫고, 저 사람은 저래서 싫어지고…… 자신도 모르게 만나는 사람의 다양성과 사교의 폭이 좁아진다. 60이 넘으면, 형제간의 우애도 옛날만 못하고, 친구들을 만나도 특별한 친구를 제외하고는 영양가도 떨어진다. 이런 결과로 자칫 잘못하면 무인도에서 혼자 앉아있는 형상이 될 수도 있다.

결국 그렇게 살다가 죽을 때는 태어날 때와 마찬가지로 서너 명이 지켜보는 가운데 생의 마지막 순간을 맞이하게 되는데, 이것이 평균적인 사람들의 삶인 것 같다. 다소 편차는 있을지언정 6, 70세부터는 세상 사람들과의 인연이 하나씩 멀어져 가는 시기가 된다.

이같이 흘러가는 보편적인 인생의 여정을 알았다면, 우리는 젊었을 때, 보다 더 적극적으로 주위 사람을 챙겨야 한다.

최소한 무인도로 좌천하여 유배는 가지 말아야 할 것 아닌가!

태어날 때 축복받고 태어났듯이, 죽을 때도 안타까운 마음으로 나를 배웅할 사람들을 생각해보자.

살아있을 때 남에게 잘하고,
힘 있을 때 겸손하고,
거두기보다 베풀기에 힘쓰자.

내 집 개 초상(初喪)보다 내 초상(初喪)이 더 초라해서야 쓰겠는가?

빨갱이 조심하라

038

무엇을 조심할 것인가?(대인관계)

얼마 전까지만 해도 남북 정상회담, 개성공단, 금강산 관광, 남북 철도 시운전 등, 휴전선이 곧 무너지는 것처럼 느껴질 때가 있었다.

4, 50년 전 반공(反共)을 가장 우선으로 삼았던 냉전시대와는 전혀 다른 변화가 일어났다. 냉전시대에는 공산주의자를 '빨갱이'라 했다. 이들과 접촉하는 사람들은 모두 붉은 물이 들어 빨갱이가 된다 하여 무척 조심했던 기억이 난다.

지인 중에서 사이비 종교에 빠져 가정과 가산이 하루아침에 파산되어 지금도 어렵게 살고 있는 사람이 있다. '다미 선교회'라는 사이비 종교 집단에서, 세상은 말세이며 하나님에 의한 심판인 '휴거'가 온다고 하면서 세상 사람들을 미혹하여 속인 사건이 있었다. 결국 그들이 정한 날짜에(그 후 여러 번 반복하여 날짜를 바꿨지만) '휴거'는 없었으며 그에 대한 후유증과 사회적 파장이 상당한 사건이었다.

지인의 부인은 '하늘의 심판이 가까웠는데 가정이 왜 필요하며, 재산이 왜 필요한가?'라고 선동하는 교리에 충실하였고, 가정도 버리고 적금까지도 해약하여 사이비 종교 집단에 바침으로써 가정의 파탄을 불러왔다. 지인과 그의 가족들 그리고 자식들이 나서서 말려보았지만 아무 소용이 없었다. 참으로 불행한 일이었다.

맑은 물에 검정 잉크 한 방울을 떨어뜨리면 그 물은 검정색이 되고, 빨간색 한 방울을 떨어뜨리면 그 물은 온통 붉은색을 띠게 된다.

주위에 진취적이고 선한 사람이 있으면 그를 닮아가게 되고, 우울증에 걸린 사람이 있으면 같이 우울하게 된다. 우리는 알게 모르게 이미 여러 가지 색깔에 물들어져 있다. 살다 보면 나 자신이 어떤 색을 띠고 있는지를 모르고 있는 경우가 너무 많다.

인간을 나쁘게 염색시키는 것은 눈에 보이는 것보다, 눈에 보이지 않는 사상, 즉 특정한 생각이 보다 많은 영향을 준다. 제일 무서운 것은 반복된 교육을 통하여 사람의 머리를 세뇌시키는 것이다. 돌을 과자라고 해도 믿고, 과자를 돌이라고 해도 믿는, 잘못된 세뇌야말로 인간의 정신세계를 파괴하는 커다란 범죄이다. 그들이 자신들의 이익을 목전에 두고 있으면 다른 사람들은 소모품에 불과하다.

나는 이런 사람들을 '빨갱이'라 부른다.

이와 같은 빨갱이는 절대로 앞에 나서지 않는다. 조용히 주변 사람들에게 부정적인 얘기만을 전하고 이간질시키며, 잘못된 허무맹랑한 이야기로 사람들을 현혹시킨다.

빨갱이는 자신의 악한 마음을 주위 사람에게 전하고, 그로 인해 빨갱이가 할 행동을 그 주위 사람들이 해주도록 부추긴다. 남에게 나쁜 말을 전하고, 부정적인 생각을 심어주는 사람은 뱀과 같아서 자신이 원하는 때에 맞춰서 갑작스럽게 공격과 도주를 한다. 빨갱이에게 물이 든 사람이 훗날 죄의 대가를 다 뒤집어쓴 후, 결정적인 상황이 오면 그 사악한 뱀은 사라지는 것이다. 의로운 사람은 남에게 좋은 말과 긍정적인 사고를 전한다. 이 사람은 절대로 숨지 않고, 앞으로 나서서 자기 뜻을 전한다.

우리 주위에 누가 빨갱이인지 잘 식별해야 한다.

내가 빨간 물이 들어 부화뇌동(附和雷同) 하다가 몽둥이로 두들겨 맞는 사이에, 빨갱이는 사라지는 형국이 되어 있는지 한 번 되돌아보자.

세를 이루어 위세(威勢)를 부리지 마라

039

무엇을 조심할 것인가?(대인관계)

젊은 날 한때, 외국에 나가 사는 것이 꿈인 적이 있었다.

어려웠던 어린 시절에는 사진 속의 멋있는 외국 주택을 보고, 그런 집에서 살면 행복은 물론 삶도 풍요로울 것 같았다. 성장하여 미국을 포함하여 외국을 몇 번 다녀온 뒤에는 외국에 대한 생각이 많이 바뀌게 되었다.

대표적으로 미국이란 나라는 다 인종(多 人種) 이민 국가이다.

조용히 서 있기만 해도 자신들의 피부색으로 동양인, 흑인, 백인, 남미인 등이 자연스럽게 구분된다. 상대방이 어떤 인격을 가지고 있는 사람인가는 나중 문제이고, 그전에 피부색으로 구분되는 것이다. 이러한 인종 간의 갈등으로 수백 년간 시끄럽게 싸워왔던 기록이 미국의 역사이다.

오죽했으면 어렸을 때부터 중점적으로 인종 차별을 하지 말라고 교육하겠는가?

우리 사회도 안을 들여다보면, 이런 식으로 구분되는 것들이 많다. 학연(學緣), 지연(地緣), 혈연(血緣), 정당, 빈부, 족보 등으로 나누어져 있는 것이 현실이다. 법이 만인 앞에 평등하다고 하지만 그것은 법전 속의 이야기이지 현실은 그렇지 않다는 것을 누구나 알고 있다.

'무전유죄(無錢有罪) 유전무죄(有錢無罪)' '빈익빈(貧益貧) 부익부(富益富)'라는 말은 자본주의 탄생과 더불어 태생적이고 필연적인 문구일 수밖에 없다. 우리보다 빨리 선진국이 된 유럽 등 여러 나라도 이러한 것들이 여전히 사회문제로 남아 있으며 해결되지 않고 있다.

간혹 자신이 속해있는 힘 있는 집단을 내세워 유난히도 위세(威勢)를 부리는 사람을 보게 된다. 또한 거기에 쉽게 동조하는 자들도 보게 된다. 세상의 모든 이치는 상대가 있는 법이다. 그 위세가 절대로 계속될 수 없다. 그러나 세(勢)라는 것은 말 그대로 힘(力)이며, 기복이 있는 법(法)이다. 힘은 소멸되기도 하고, 새로이 생성되기도 하는 것으로 늘 제자리에 머물러 있으려 하지 않는다. 세가 위세로 변질되면 다툼이 생긴다. 역사 이래 지금까지 국가 간의 전쟁은 세의 확장이나, 세의 이익 때문에 생겨났다.

허나, 개인이 위세를 부리는 것은 엄청나게 멍청한 짓이다.

나는 국회의원들을 보면서 참 영리하다는 생각을 하곤 한다. 국회 안에서는 정당 별로 세를 형성하여 금방 무슨 난리라도 날 것처럼 토론을 하고, 싸움도 한다. 그러나 그렇게 살벌한 언쟁을 벌이던 사람들끼리도 저녁시간이 되면 서로를 마주 보고 앉아서 식사도 하고, 술을 마시면서 담소도 나눈다. 그것을 보면, 세(勢)는 분명히 존재하지만, 개인끼리 만나면 위세로 전환시키지 않는다는 것을 알 수 있다.

'권불십년(權不十年)이요, 화무십일홍(花無十日紅)'이라 했다. '권력은 잘해야 십 년이요, 꽃은 그 붉음과 아름다움이 십 일밖에 가지 않는다.'라는 말이다.

사람이 주변의 힘을 빌려 위세를 부리는 것도 잠깐이다.

세상사 불변의 진리는 '달도 차면 기운다'는 것이다.

자기를 부정할 때가 가장 비참하다

040

무엇을 조심할 것인가?(대인관계)

많은 기억 중에 지금까지도 잊혀지지 않고 가슴에 남아있는 기억들이 있다. 고등학교 졸업 후, 첫 번 째 대학입시에 떨어져 재수를 하고도 또다시 떨어졌을 때 느꼈던 암담함과, 결혼 후, 안사람이 다음 날이 아이 등록금 마감이라고 하는데도 내어줄 돈이 없었을 때 밀려오던 당혹스러움이다. 그리고 어느 누구한테도 돈을 빌리러 갈 용기도, 기운도 없었던 그 당시의 일을 돌이켜 보면 가슴 아팠던 순간이 고스란히 되살아나곤 한다.

유난히 얼굴이 두껍지 못해서 다른 사람에게 돈 얘기를 하지 못하였다.

봄이 되었는데도 불구하고 구두를 살 돈이 없어서 겨울에 신던

반 부츠 구두를 신고 다니다가 직장동료가 쳐다볼 때, 건강이 좋지 않아 직장생활을 남처럼 하지 못해 회사에 짐이 되었을 때의 기억도 있다. 지금 와서 생각하면 아픈 기억 대부분은 어린 나이에 금전적인 빈곤으로부터 생긴 것들이었다. 물론 세상에는 이보다 훨씬 더한 고통의 기억을 가지고 있는 사람들도 많다.

마흔 살이 넘어 세상의 이치를 조금 알고부터는 전혀 다른 상황으로 인하여 나 자신이 비참하게 되는 경우가 있었다. 20년을 가깝게 지내던 지인(知人)이 있었는데, 어느 누가 보아도 손색이 없는 유능한 사람이었다. 일류 대학교를 졸업하고, 좋은 직장에 취직하였고, 직장에서도 유능하다는 평가를 받는 독실한 기독교인이며, 교회 장로였다.

나는 그 사람을 인생 최고의 모델로 삼고, 만나는 사람마다 최고의 사람으로 표현하면서 소개하곤 했다. 세상에 그분을 믿지 않으면 믿을 사람이 하나도 없다고 호언장담(豪言壯談)까지 하며 신뢰했다.

그러던 중, 그 사람과 의기투합이 되어 나의 자본과 그 사람의 인적 자본을 합쳐 사업을 시작했다. 사업을 시작한 후 6개월이 채 안 되어서 그 사람의 아주 특이한 검은 속마음을 알아차리기 시작하면서 더 이상 자금 투입을 할 수 없는 상황으로 악화되어 결국 중도에 사업을 포기하였다. 그 사람을 믿고 계속 자금을 투입하다가는 다른 사업까지 영향을 받아 완전히 거덜이 날 지경이었다.

그때부터는 그 사람이 나쁜 사람이라고 말할 수밖에 없는 상황에

처하게 되었다. 내가 호언장담하며 칭찬하던 사람을 고도의 사기꾼이라고 말해야 할 입장이 되니, 나 자신이 너무 비참하였다.

'너 아니면 못 산다.'고 쫓아다니던 여자를 불과 몇 년도 되지 않아, '너 때문에 못 살겠다.'는 가정이 수없이 많고, 최고의 우정을 다짐하던 친구 사이가 얼마 가지 못하고 서로 죽일 놈이라고 떠들고 다니고, 애지중지 키우던 자식이 원수 같은 자식이 되어버리고…….

하늘이 무너져도 끄덕 없다고 믿었던 확신들이 하나, 둘씩 깨지고, 호언장담하던 것이 사실이 아닌 것으로 드러날 때, 혼자만의 감정이라면 그런대로 참을 수 있겠지만 이런 것들을 여러 사람 앞에서 말할 수밖에 없는 상황이면 그것이 가장 곤혹스러웠다.

인간은 신이 아니라는 사실을 잊어서는 안 된다.

사회에서 신망이 가장 높은 스님, 신부님, 목사님…… 그 어떤 종교인들도 인간의 본성을 크게 벗어날 수 없다는 것이 진실이다. 인간으로 태어난 이상, 인간은 인간일 뿐, 그 어떤 허울을 쓴다 하여도 본질 자체가 변할 수 없다는 것이 초로(初老)를 지난 이가 아픔으로 겪은 경험이다.

세상살이란 일희일비(一喜一悲) 하지 말고, 좌로 우로 너무 치우치지 말고, 남에게 호언장담할 것도 없이 최대한 무게의 중심에 서서 지켜볼 일이다.

한 치 앞을 내다 볼 수 없는 것이 삶이며, '열 길 물속은 알아도 한 치 사람 속은 알 수 없다'는 옛 속담과 같이 사람들에 대해 많이 안다고 큰소리치지 말고 살자!

'나는 너를 모르고, 너도 나를 모르기 때문이다.'

누구한테 사기 당하는가?

041

무엇을 조심할 것인가?(대인관계)

"속았다, 사기(詐欺) 당했다."는 소리를 주변에서 다반사(茶飯事)로 듣게 된다.

나의 경험으로 보거나, 다른 사람들의 사례를 들어보면, 가까운 사람에게 사기를 당했다는 이야기가 대부분이다. 통계를 본 적은 없지만, 길거리에서 야바위꾼한테 당하는 사기는 전체의 10%도 안 될 것이다. 사기란 처음부터 속일 마음을 가지고 접근하여 끝까지 속이는 경우도 있지만, 그렇지 않은 경우도 많다.

처음에는 진실된 마음으로 접근했으나, 나중에는 처음 의도와 다르게 결과적으로 사기가 되어버리는 것이다. 두 경우, 비록 시작은 다르다 해도, 결과는 같다.

왜 이런 일이 생기며, 그 이유는 무엇일까? 이것을 사전에 예방하는 방법은 있을까? 있다면 그것은 무엇일까?

흔히 우리는 새로운 사업을 구상 중일 때, 모르는 사람 또는 친분이 없는 사람이 그 사업에 관하여 제안을 하면 처음부터 긴장감을 갖게 되고, 최소한 객관적인 시각으로 사려 깊게 청취하게 된다. 허나, 가까운 지인이 제시하는 사업 계획에 대해서는 거부감 없이 쉽게 믿게 되고 그 관계가 가까울수록 믿음도 더하다는 것이다.

그러나 이것이 바로 함정이다. 누가 처음부터 잘못하려 하겠는가? 하다 보니 뜻대로 안되고, 결과는 처음 의도했던 것과는 정반대로 진행되게 되는 것이다.

결론적으로 사기 당한 것과 무엇이 다르랴?

가까운 사람과 논의할 때는 남보다 더 면밀히, 구석구석 원칙에 입각해서 따지고, 심사숙고 해야만 한다. 나를 비롯하여 내 주위에서 이런 일들이 비일비재하게 일어난다. 가까운 사람이 다가오면 걱정스럽다.

매사가 같은 논리이지만 모든 것을 원칙에 입각해서 하나씩 점검하고 분석해보는 것이 나를 지키는 현명함이다. 많은 사람들이 우정과 친분이라는 가면을 쓰고 가까이 다가와 많은 피해를 주고 떠난다. 가까운 사람은 당신이 자기 말을 잘 경청하리라고 믿고 접근한다는 사실을 잊어버려서는 안 된다.

멀리 떨어져 있으면 할 말도 없고, 따라서 이해관계도 없다.

멀리 떨어져 있는 유럽은 우리나라와 적이 될, 또는 친구가 될 확률이 적다. 북한, 일본, 중국이 가장 가까운 우방국이 될 수도 있으나, 가장 첨예한 대립을 하는 적국으로 변하기 더 쉬운 것은 자주 접촉하면서 상반되는 이해관계 때문에 그것이 투쟁으로 변하기 때문이다.

균형감각均衡感覺

원칙에서 흔들리지 마라!

Sense of Balance

눈치 보고 사는 것은 좋은 것이다

042

원칙에서 흔들리지 마라!(균형감각)

사람들은 흔히 '눈치 본다'는 것을 비열하고, 비겁하며, 특히 약자가 자신보다 강한 사람에게 굴복하는 것으로 느끼는 경우가 많다. 남자들의 세계에서는 자신의 생각을 거침없이 말하며, 직언(直言) 하는 것이 당당한 남자다움이라고 생각되어 왔다.

사람이 신은 아닌지라 누구든 잘못이나 실수를 저지를 수 있는데, 고의든, 실수로든 잘못을 저지르거나 합당한 행동을 하지 못했을 때는 왠지 뒤끝이 꿀리게 된다. 통상적으로 눈치를 보게 되는 이유로는 양심적으로 떳떳하지 못한 경우이거나, 서로에 대한 감정의 균형이 한쪽으로 기울어지지 않도록 타협점을 찾아가는, 일종의 신경전과 같은 경우일 수 있다.

노모(老母)를 모시고 사는 나는, 술 한 잔을 마시고 평소보다 늦게 집에 들어가게 되면, 혹시라도 내 소리에 어머니의 잠이 깨시지 않도록 발뒤꿈치를 들고 고양이 걸음으로 들어가곤 했다. 어머니께서는 아침에 일어난 나를 말없이 바라보시며 다 알고 있다는 듯이 웃기만 하셨다.

평등한 위치에서 서로의 눈치를 본다는 것은 상대방의 인격을 존중하는 것이며, 상대를 위해 자신을 인격적으로 절제하고 통제하는 것을 말한다. 이것보다 더 고급스럽고, 인격적인 견제와 통제는 없다. 눈치 없는 언행이 상대방에게 커다란 상처와 실망을 줄 수 있기 때문이다.

자신의 생각만을 주장하고, 고집하고, 눈치 없이 지껄여대는 것은 남성적이거나, 당당한 것이 아니라 어쩌면 무식함에서 비롯되는 행동인지도 모른다. 지위가 높든, 낮든, 돈이 많든, 그렇지 못하든, 유식하든, 무식하든, 그 모든 조건을 떠나 서로의 인격을 높게 평가하면서 눈치를 보며 산다는 건 아주 현명한 것이다.

여러분, 오늘은 여우 같은 아내 눈치 보지 않도록 밤거리 그만 돌아다니고 일찍 들어가세요.

내일 출근하여 동료들 얼굴에서 간밤에 무슨 일이 있었는지 눈치껏 알아맞혀 보세요. 그리고 표정이 어두운 동료가 있다면 따뜻한 웃음과 위로의 말, 잊지 마시길……

눈치는 삶의 지혜입니다.

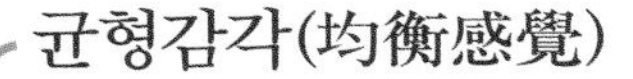

균형감각(均衡感覺)

043

원칙에서 흔들리지 마라!(균형감각)

우리는 종종 역지사지(易地思之)라는 말을 사용하는데, 역지사지라는 단어를 풀이하면, '입장 바꿔 생각한다.'라는 좋은 말이다. 그런데 '입장 바꿔 생각해봐.' 이 말을 듣고 있으면, 왠지 상대에게 꾸지람을 듣는 것 같은 기분이 들기 때문에, 균형감각(均衡感覺)이라고 표현하는 것이 더 적절할 것 같다는 생각이 든다. 때로는 균형감각을 잃어버리는 바람에 스스로 헤어나지 못할 궁지에 빠지는 경우를 보게 되는 경우도 심심치 않다.

나는 아침형 인간이 아니기 때문에 저녁시간의 활동이 더 많은 편이다. 하루 일과를 마치고 건강을 위해서 야간산행을 자주 하는 것도 그 같은 이유에서이다. 산에 가 보면, 등산로 입구에, '개를 데리고 산에 다니지 마시오.'라는 팻말이 있지만, 산행 중, 커다란 개를 데리고 다니는 등산객을 심심찮게 만나게 된다. 훈련이 잘된 개라고는 하나, 순간 섬찍한 기분이 든다. 이 또한 견주(犬主)가 자기 입장만 생각하여, 균형감각이 무너진 경우라 할 수 있다.

균형감각은 배려에서 출발한다.

그러나 이러한 균형감각을 갖추고 살기란 상당히 어려우며, 설사 알고 있더라도 매사에 적용하고 사는 것 또한 결코 녹녹하지 않다.

내 입장과 내 것에 대한 소중함을 먼저 생각하는 것은 자연스럽게 여겨질 수 있는 현상이지만 다른 사람을 배려하는 균형감각의 부족에서 비롯되는 것이다. 타인과의 관계에서 사소한 일이라 하여 깊이 생각하지 않는다면, 중대한 일을 결정할 때에도 내 것에 대한 편향된 사고를 우선으로 결정하여 돌이킬 수 없는 실패와 어려움이 발생한다.

이러한 현상(現象)은 인간 사회 여러 곳에서 찾아볼 수 있다.

아들, 딸, 형제, 남편 등에 대한 믿음으로 무조건적인 투자를 하여 돌이킬 수 없는 실패에 빠지는 경우가 그 대표적인 사례라 할 수 있다. 다만 잘못된 투자라 할지라도 가족이라면 그런대로 이해할 수 있고, 설사 나쁜 결과가 있다 하더라도 그에 대한 충격은 우리가 감당할 수 있는 정도의 것이 대부분이다.

그러나 사업과 돈, 그리고 다른 사람에 대한 잘못된 평가로 인한 손실은 전자(前者)에 비해서 비교가 안될 만큼 충격이 크며, 위안 받을 길도, 만회하는 것도 쉽지 않다. 자신이 가지고 있는 부동산, 건물, 주식 등 환전이 가능한 물건에 대한 잘못된 판단은 심각한 결과를 가져오기 때문이다.

나의 작은 손실이나 착각이 다른 사람에게 이익이 되고, 기분 좋은 일이 된다면 각박한 세상에서 윤활유 역할이 될 수도 있다. 그러나 균형감각이 깨어진 잘못된 판단으로 인하여 다른 사람에게 피해를 주거나, 본인의 재산 상에 커다란 피해를 불러온다면, 그동안 어렵게 일구어온 자신의 삶이 파괴됨은 물론 주변까지도 치유할 수 없는 심각한 손실을 가져다 줄 수 있음에 대해서도 항상 생각하여야 할 것이다.

'쇠로 만들어진 마차를 타고 달려가면, 본인도 물론 아프겠지만 옆에서 지켜보는 사람도 아프다'라는 옛 글이 생각난다.

세상 이치의 모든 것이 균형감각으로부터 출발한다.

평균대에서만 균형을 잡으려 하지 말고, 우리 모두가 삶 속의 균형을 잡도록 노력하자.

산에서 내려와야 비로소 산을 볼 수 있는 법이다.

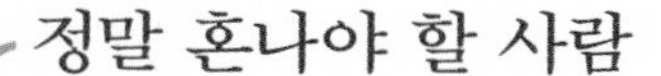

정말 혼나야 할 사람

044

원칙에서 흔들리지 마라!(균형감각)

어느 날 백화점에서 쇼핑을 하다가 울고 있는 아이를 보았다. 이유인즉, 아이가 장난감을 사달라고 떼를 썼고, 달래보려 애쓰던 엄마가 아이가 계속 떼를 쓰자 매질을 한 듯했다. 주위 많은 사람들의 눈치를 보는 아이 엄마와 그에 아랑곳하지 않고 울어대는 아이를 보면서 순간, 나는, '내 잘못에 대한 대가로 매를 맞아야 한다면 나는 얼마를 맞아야 하는 것일까'하는 생각이 들었다. 일상생활에서 아이와 내 잘못을 비교한다면, 내 잘못은 아이의 고집과는 비교도 되지 않을 만큼 클 것이다.

성인이 되고 보니, 잘못을 지적해주는 사람도 없고, 혼내는 사람도 없다. 그래서 무엇을 잘못하고 사는지조차 감각도 없이 산다. 어쩌면 주변으로부터 자기 잘못을 지적 받지 않는 사람은 자신도 모르게 가장 많은 잘못을 저지르는, 정말로 혼나야 할 사람인지도 모른다.

그 사람이 바로 한 집안에서는 가장이요, 회사에서는 사장이요, 나라에서는 대통령인 것이다.

양식 있는 사람들은 다른 사람들의 눈치도 보고, 의논도 하면서 수시로 자기 성찰을 하며 산다. 양식이 없는 윗사람은 자기 잘못을 아랫사람에게 떠넘기기에 바쁘고, 다른 사람의 잘못에는 호되게 질책하고, 처벌하는 것에 주저하지 않는다. 결국 자신에게는 관대하고, 다른 사람에게는 엄격한 이기주의자가 된다.

양심 있고, 사려가 깊은 자는 자신의 행동을 면밀히 살펴보고 충고하는 사람을 곁에 두지만, 사려 깊지 못한 사람은 자신의 주위에 부담스러운 자들을 제거하고, 아첨하는 자들을 가까이하였다고 한다.

아랫사람을 꾸짖기 전에 나 자신을 돌이켜 보자.
정말 혼나야 할 사람은 바로 나일지도 모른다.

때를 알고 살자!

045

원칙에서 흔들리지 마라!(균형감각)

인생을 살면서 가장 판단하기 어렵고 중요한 두 가지 요소가 있다.

하나는 사람을 식별할 수 있는 식견이고, 또 다른 하나는 때를 알아차리는 것이다. 나이 50을 넘어서야 이 '때'라는 것이 얼마나 중요한지를 절감하면서 살아왔다. 어렸을 때는 초등학교를 다니고, 중, 고등학교 졸업하고, 경우에 따라서는 재수나 삼수를 하고 대학에 들어가 졸업을 한다. 대학을 나와서는 취직을 해서 돈을 벌고, 결혼을 하고…… 기차가 레일을 타고 움직이는 것과 같이 아주 틀에 박힌 순서이다. 거의 모든 사람들이 피해갈 수 없는 성장과정이라 해도 틀린 말은 아닐 것이다.

여기서 주의 깊게 생각해보면, 젖을 먹고 자라야 할 시기에는 젖을 먹어야 하고, 초, 중, 고등학교와 대학교에 다닐 때에는 학교에 다녀야 한다. 취직을 하고, 결혼해야 할 때에도 그때를 맞추어서 해야 한다. 이 순서가 뒤바뀌면 안 된다. 아주 당연한 소리이다.

여기까지는 생활 자체가 아주 단순하고, 별다른 때를 생각해볼 필요도 없다. 그러나 성년이 되고 난 후부터는 주변 여건이 다양화되고, 선택에 따라 결과가 판이하게 바뀔 수 있는 상황이 되면 이야기가 달라진다.

지금부터 무엇을 할 때인가? 앉아있어야 할 때에 일어서 있지는 않은가? 부동산을 팔아야 할 때 매입하고 있지는 않은가? 주식을 매입해야 할 때 매도하고 있는 것은 아닌가? 이러한 때를 정확하게 알 수만 있다면 빌 게이츠나 워런 버핏보다 더 많은 부와 명예를 가질 수도 있을 것이다.

성경의 여러 대목에서, 예수님의 '때'에 대한 말씀이 나온다.

"때가 아직 이르지 아니하매……" 또는 "때가 이르매……" 등.

그러면 이와 같은 때를 어떻게 알아차릴 것인가, 이것이 문제인 것이다.

적정한 '때'를 찾는 것은 귀신도 정확히 모를 것이다. 그래서 적정한 때를 천시(天時), 곧 하늘이 내려준 시간이라고 한다. 하물며 미물인 인간이 어떻게 알 수 있겠는가? 사람들은, '재수가 좋아서' 혹은 '재수가 나빠서'라는 말을 하기도 하지만, 이렇게 중요한 '때'를 알기 위해서는, 끊임없이 주변을 살피고, 끊임없이 배우고, 예측하며 묵상해야 한다. 감나무 밑에서 입을 벌리고 있는다고 해서 감이 떨어지는 것은 아니다.

바로 이 '때'가 나를 일어서게 하기도 하고, 주저앉히기도 한다.

나이 들수록 정신 차려야 한다

046

원칙에서 흔들리지 마라!(균형감각)

고등학교 2, 3학년 때 절친한 친구가 있었다.

3, 40대에는 먹고 다들 사느라고 바빠서 만나지 못하고 있다가, 한 2년 전부터 자주 만나게 되었다.

이 친구도 서기관으로 열심히 살다 보니 공무원 정년퇴직을 2년 정도 남겨둔 상태이다. 저녁 늦게 전화가 와서 만나보니 앞으로 자기 생을 어떻게 했으면 좋겠느냐고 묻는 것이다. 시골 가난한 집안에서 태어나서 열심히 살아온 덕분에 재산도 불어났으나 중견 공무원으로 생활하다가 이제 퇴직을 하게 되면 어떻게 할 것인가를 생각하니 암담하다는 것이다. 없이 살 때는 남부럽지 않게 사는 것이 인생의 목표일 수도 있다. 어렸을 때 생각했던 것들이 어느 정도 이루어지고 나니, 그 다음 목적의식이 상실되었던 것이다.

정년퇴직이란 사회에서는 이제 부가가치를 창출할 수 있는 나이가 지났으니 집에서 쉬라는 것이다. 평생을 공무원 생활을 하다 보니, 세상 물정도 잘 모르겠고, 무슨 일을 시작하려고 하니 겁부터 생긴다고 한다. 변화에 대한 두려움은 미래에 대한 두려움에서 비롯된다고들 한다. 하지만 나이가 들어서 느끼는 변화에 대한 두려움은 자신감의 부재로 온다고 하는 것이 옳을 것이다.

육십 중반 이후는 남은 세월이 지난 세월보다 훨씬 어렵고 힘들 것이다. 지금까지는 외부와의 싸움이었지만, 지금부터는 자기 자신과의 싸움이 시작되는 것이다. 조금씩 무너져가는 육체에 뒤따라오는 흐릿해지는 정신, 이것을 어떻게 추스르고 살아갈 것인가? 대부분의 노인들이 늙으면 세상에서 소외된다 생각하고, 또한 젊은이들도 나이 먹은 사람들과 어울리는 것을 별반 탐탁지 않게 생각한다.

자기 몸 하나도 추스르기가 버거운데 부모, 형제, 처자, 친구가 무슨 큰 의미가 있겠는가? 부정적으로 생각하면 정말 한도 끝도 없이 서글퍼진다.

내 영혼을 진정 사랑하는 마음으로 살아가려면, 죽는 그날까지 내 영혼이 상처를 받지 않도록 살아야 한다.

그러려면 나이를 먹을수록 정말 정신 차려야 한다.

사람이 5분만 숨을 쉬지 않으면 죽게 되는 것처럼, 어느 한순간도 중요하지 않은 때가 없는 것이다.

건강한 육체를 가지면 정신이 무너질 수가 없다.

생전에 자기 기념관을 지어 훗날 웃음거리를 만들지 말고, 뒤따라올 후배들에게 무엇을 나누어 줄 것인가 생각해야 한다.

양적으로 길어진 노후의 생활을 양질의 시간들로 바꿔야 한다.

삶은 재방송이 없다고 하지 않는가!

문제의 핵을 간단히 정리하라!

047

원칙에서 흔들리지 마라!(균형감각)

주변 사람들과 이야기를 하다 보면, 쉬운 것을 어렵게 설명하는 사람도 있고, 어려운 것을 쉽게 설명하는 사람도 있다.

세상 일을 어렵게 생각하기 시작하면 꼬리에 꼬리를 물고 끝도 없이 더욱더 어려운 상황으로 몰고 가게끔 되어있다. 그러나 아무리 어려운 것도 자세히 살펴보면 그렇게 어려운 것만은 아니라는 것도 알 수 있다. 요점 파악을 했느냐, 하지 못했느냐가 중요한 것이다. 세상에는 풀지 못할 일이 없다고 생각한다. 옛 어른들이 아무리 어렵고 힘들어도 생각하기 나름이라 했다. 실제로 그렇다.

5년 이상 어렵게 공부를 하고 집필했다는 박사논문의 마지막 결론을 들어보면 웬만한 상식만 있으면 다 수긍할 수 있는, 다소 싱겁고 간단한 결론에 다다르는 것을 간혹 볼 수 있다. 그 결론을 위해서 수많은 생각과 시간을 보냈지만, 결론은 한 마디에 불과하다. 평생을 바쳐 자신을 갈고 닦았던 스님이 돌아가시기 전에, '산은 산이요, 물은 물이로다.'라고 했다지 않은가?

복잡하고 다양한 산업사회를 거쳐, 눈 깜박할 사이에도 엄청나게 쏟아지는 정보 속에서 이것들을 간단하게 정리하여 살고자 하는 인생의 품질과 격을 간단명료하게 정의 내리자.

나는 가끔 폭력배들의 판단력과 결단력 있는 행동에 절로 감탄하곤 한다. 그들이 젊었을 때 폭력배가 아닌 선한 삶을 목적으로 잡았더라면 크게 성공했을 사람들이라고 생각한다. 그들은 이해득실을 따질 때, 사건의 내용을 분석하는 것도 엄청 빠르고, 그에 따른 행동에 대한 판단력도 탁월하다. 어떤 일도 속내를 파보면 아주 단순한 것들이 해결되지 않고 있다. 그것으로 인하여 여러 문제점들이 산발적으로 일어나는데 이것들을 빨리 파악할 줄 알아야 한다.

잽을 너무 많이 주고받으면, 관중들도 지루하고, 경기를 하는 당사자들도 정신적으로, 육체적으로 피곤하다. 시원하게 한 방에 문제를 해결하자.

그러려면 가장 먼저 요점정리가 선행되어야 하며, 문제의 핵(core)을 빨리 파악해야 한다.

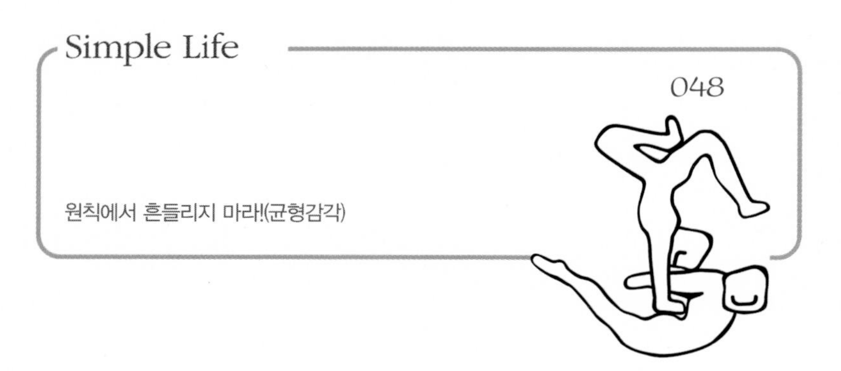

대기업 중역과 담소하던 중, 그 분이 수첩에서 자기 집 전화번호를 찾는 것을 보고 나는 의아했다. 그의 얘기로는, 해외 근무하던 시절, 매일 부인에게서 걸려온 전화를 받다 보니, 집 전화번호를 모른다는 것이었다. 당시에는, '참 무심한 가장이구나' 하고 생각했다. 20년이 지난 어느 날, 내가 우리 집 전화번호를 떠올리는데 잠시 생각할 시간이 필요하다는 것을 깨달았다. '내가 왜 이렇게 됐지?' 하고 그 원인을 생각해봤다. 생각해보니, 기억해둬야 할 숫자가 너무 많다는 사실을 알게 되었다.

집 전화번호, 휴대폰 번호, 자식들이 나가 있으니 그곳의 전화번호, 사무실, 각 사람들의 생일, 아파트의 현관 키 번호 등등…… 내가 만나는 사람들의 얼굴, 이름, 직장, 그리고 초등학교부터 최종학교까지 다니면서 만났던 동창들. 나를 중심으로 놓고 생각하면, 기억하고 챙겨야 할 것들이 정말 너무 많다. 각종 단체부터 직장에서 파생되는 문제까지 생각하면, 정신병원에 입원하지 않고 살아가는 것이 신기할 정도이다. 사람에 따라서는 자신이 속한 각종 모임이나 집단의 활동에 가능한 한 모두 참여하고자 하는 사람도 있다. 그들의 지론에 의하면, 지역사회나 어느 집단에서 소외감을 피하기 위함이라 한다. 그런 사람은 옆에 있는 사람에게까지 자기처럼 하라고 부추긴다.

내가 생각하기에는 주변에 떠다니는 이야기에 귀 기울이고, 신문이나 방송에서 들려오는 루머까지, 모든 정보에 신경을 쓰게 되면, 나의 존재는 없어진 채, 마치 주위 환경을 위하여 사는 느낌이 들 것 같다. 그 복잡한 주변 환경을 따라가고, 신경 쓰면서 하루를 끌려 다니면 잠들기 전에 무슨 생각이 들까 싶은 생각도 있다.

못난 것들이 초등학교 동창회부터 시작해서, 찾아가지 않는 곳이 없을 정도로 복잡하고 바쁘게 산다. 그들은 왜 혼자 외롭게 사느냐고 한다. 혹시라도 혼자인 시간이 생기면, 그 시간을 주체하지 못해서 안절부절못한다.

그런데 보람 있고, 알차게 사시는 분들의 공통점 중의 하나가, 꿩대가리 같은 사고를 가지고 있다는 것이다. 주변에 대하여 그다지 신경 쓰지 않고, 오로지 자기가 하고자 하는 일 이외에는 깊은 생각을 하지 않는다는 것이다. 무진(無盡) 단순한 생각을 가지고 산다.

우리 모두 훌륭한 인간이 싶고 싶다면, '꿩 대가리가 되어보자.'

여기저기 기웃거리며 사느라, 정작 나 자신에 대한 생각은 놓치고 사는 우를 범하지 말고, 자신의 내면을 들여다보는 시간에 익숙해지자.

나의 일상사를 단순하게 살아보자!

나쁜 과거는 잊어버려라

049

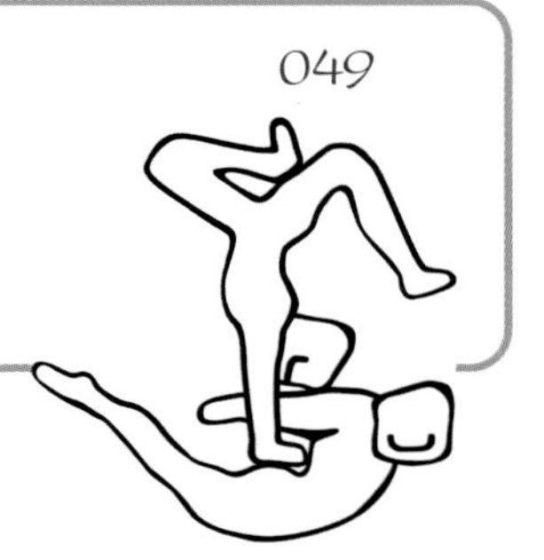

원칙에서 흔들리지 마라!(균형감각)

명절이 되면 오랜만에 여기저기 흩어져 살던 가족들이 한 집에 모이게 된다. 어떤 집은 가족들끼리 앉아서 고스톱을 치면서 시끌벅적하게 지내는가 하면, 어떤 집은 명절 때만 만나는 가족들임에도 불구하고, 집안에 불화의 기운이 감도는 가정도 있다. 또 다른 집안은 부모 때부터 내려오는 성인병이나 어떤 체질적인 유전을 답습하며 걱정거리를 풀어놓기도 한다. 보기 드문 경우지만, 어떤 집안은 형부터 막냇동생까지 조직폭력배인 집안도 있다. 어떤 집 형제들은 가족 전체가 사악하기 그지없는 사람들인 경우도 있다.

그래서 가풍(家風)이라는 것이 중요한가 보다. 사람에 따라서는 자기 자랑과 자기 집안 자랑을 하는 것에 서슴없는 사람들도 있다. 여러 사람이 모이는 회의에 참석해 보기도 하고, 여러 주제 종류의 강의도 들어보지만 대부분의 사람들은 앞에 나서기를 부담스러워 한다. 이 사람들을 괴롭히는 것 중 하나는 자기 과거에의 부끄러운 일에 대한 정신적인 부담이다.

마인드 컨트롤(Mind Control)을 하는 한 수련원에 가입을 해본 적이 있다. 자기 수련의 방법 중에 하나가 좋았던 것이든, 싫었던 것이든 자기 과거를 계속적으로 없애버리는 연습을 하여 그 자체가 생활화되도록 하는 훈련 방법이다.

의외로 많은 사람들이 크고 작은 우울증에 시달리고 있다.

우울증이란 정신적으로 생에 대한 무기력증을 말하는데, 여러 가지 이유가 있겠다. 자기 삶의 미래가 암울하다고 판단되었을 때 생기는 증상이다. 주위 일가 친척들에게 자신의 존재 가치에 대하여 부정하게 하는 행위나, 과거 어느 한 순간 용서받을 수 없는 행동으로 인한 자책감을 지속적으로 가지고 있으면서 스스로 참담한 생각 속에 살고 있는 것이다.

망신살이라는 말이 있다.

망신살이란, 누군가로부터 자존감에 상처를 받았다든지, 명예를 잃어버렸다든지, 남한테 경멸스러운 행동을 당했을 때 느끼는 감정이다. 첫사랑을 고백했음에도 불구하고 받아들여지지 않았을 때, 다른 사람을 방문했는데 문전박대로 쫓겨났을 때, 공개적인 장소에서 상대와 논쟁하는 중, 옳고 그름을 떠나서 자기가 졌다고 느꼈을 때 등등, 수많은 경우가 있을 것이다. 이 망신살이 짧은 시간에 누

중(累重) 되면 정상적인 사람도 심리적으로 상당한 고통을 느낄 수밖에 없다. 이상하게도 이런 망신살이라는 것은 어떤 기간을 통해서 집중적으로 오곤 한다. 눈을 감고 조용히 생각해 보면 내가 행복하고 즐거웠던 생각보다는 부끄러웠던 과거들이 더 무겁게 내 정신세계를 누르고 있다. 자존심이 강한 사람일수록 더욱더 그런 듯하다.

나도 생각해보면 지나간 세월에 평생 지울 수 없는 망신을 당한 적이 있다. 이로 인해 자존심에 상처를 입었던 것이 십여 차례 있는 것 같다. 그것에 대한 생각이 나면 자다가도 일어나서 화를 멈출 수 없을 지경이었다. 그 순간을 참지 못하면 무슨 사고를 어떻게 저지를지 모르는 위험스러운 상태가 될 수도 있겠다는 생각이 들기도 했다. 그러나 세월이 흐르고 나니 참 이상한 현상이 생긴 것을 느낀다. 시간이 지날수록 이 망신에 대한 분노가 점점 희석되고 있다는 사실이다. 모든 문제에 적용되는 해법 중 하나지만, 옛 어른들이 말씀하신, '세월이 약이다'라는 말이 평범하게 들리지 않는다.

마인드 컨트롤 수련회에서 배웠던 것들 중 하나가, 바로 이 나쁜 과거를 하루빨리 잊어버리는 연습을 하는 것이다. 내 마음에 있는 나쁜 기억을 지워내는 연습을 해야지만 우울증에서 벗어날 수 있는 것이다. 과거의 부끄러운 일이 문득문득 생각날 때마다 고개를 좌우로 흔들어, 내 뇌리에서 없어지도록 하는 연습을 하면 좋겠다.

살아가다 보면 앞으로도 또 망신스러운 일이 생길 수도 있겠지만, 적극적이고 도전적인 인생을 살아가야겠다.

명분(名分)과 실리(實利)

050

원칙에서 흔들리지 마라!(균형감각)

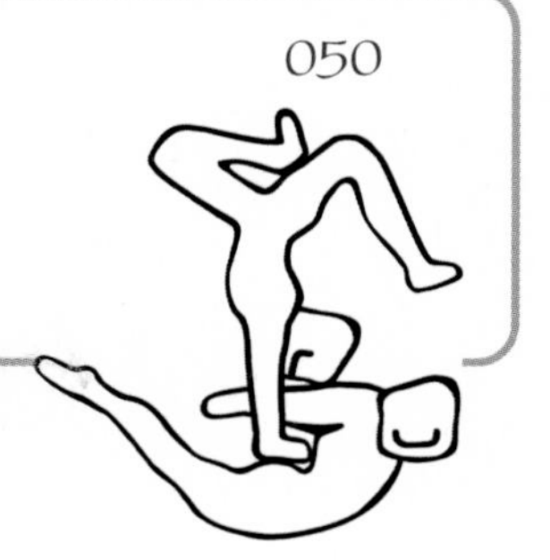

70억이 넘는 세계 인구가 살아가면서 무슨 얘기들이 그렇게 많은 것일까, 그 대화 내용을 추측하건대, 밤에는 짝짓기에 관한 내용이 주를 이룰 것 같고, 낮에는 생존을 위한 명분과 실리 중 어느 쪽을, 어떻게 택할 것인지를 가지고 시끄러운 것 같다. 우리는 알게 모르게 여러 종류의 집단 부류 속에서 한 개체의 존재로 살아가고 있다.

명분(名分)이라는 단어를 영어 표현에서 찾아보면, 'moral justification'이라고 하는데, 여기서 말하는 이 'moral, 도덕성'이라는 것이 변치 않는 진리를 뜻하는 것은 아닌 것 같다. 이 도덕성이라는 것은 내가 속해 있는 집단이 어떤 집단인지, 역사적으로 어느 시대에 살고 있는지에 따라서 변하는 것이다. 극단적인 예인지는 모르겠지만, 둘 사이의 명분과 셋이 모였을 때의 명분이 반드시 일치하는 것도 아니다. 동시대, 한 나라, 같은 도시에 살고 있는 우리들도 상황에 따라서 그 정당성과 도덕성은 항상 일치하지 않는다.

실리(實利)라 함은 'profit', 'benefit' 또는 'material gain'이라 하는데, 실리라는 것은 어느 시대를 막론하고 어느 관계성이든 간단명료하다. 실리라는 것은 상황에 따라 변할 수 없다. 그러므로 실리와 명분이 동시에 만족할 수 있으면 금상첨화(錦上添花)이겠지만, 명분과 실리가 상충(相衝) 되면, 그때 무엇을 선택할 것인가 하는 것에 대한 고민이 발생하는 것이다.

사람에 따라서는 끝까지 명분을 택하는 사람도 있다. 명분이란 상대와 내가 서로 공감대를 형성해서 정당성을 공감하는 것이다. 그 정당성이 입증되면 그것 자체가 떳떳한 것이다. 그러므로 양심이 부끄럽지 않고, 나 스스로가 정직하다고 생각된다.

또한 지조 있고, 줏대가 있는 것이다. 그와 반대로 실리만 추구하는 것은 자본주의 시대에 사는 우리로서는, 상거래의 효율과 능률을 위해서 당연한 것이다. 어떤 경우, 제한적인 관계성에서는 비도덕적, 비양심적이거나 떳떳하지 못한 경우가 발생될 수밖에 없다. 우리나라 과거의 역사, 즉 삼국시대, 고려 시대, 조선시대의 기록을 보면 많은 세월을 명분만 추구하다가 망한 왕조가 하나, 둘이 아니다.

미국이 이라크에서 전쟁을 일으킨 것을 보면 실리만을 차리기 위한, 명분 없는 전쟁이라는 것이 거의 확실시된다. 거시적인 측면에서 역사적, 시대적 한 나라의 명분과 실리를 논하는 것은 제쳐놓더라도, 명분과 실리가 뒤섞여 있을 때 무엇이 진실인가를 판단하기가 어렵다. 실리를 쫓자니 대의명분이 서질 않고, 대의명분을 쫓다 보니 손실이 너무 크고.

대체로 진보세력들은 명분을 중시하기 때문에 타협이 거의 불가능하고, 보수주의자들은 실리를 택하여 적당한 타협도 가능하다. 보통 사람들의 행동은 진보주의자도 아니고, 보수주의자도 아니다.

우리네 보통 사람들은 명분과 실리 중 어느 쪽을 택해야 하겠는가?

명분을 쫓다 망할 수도 없고, 실리만 쫓다 온갖 비난과 수모를 당할 수도 없는 것이 현실이다.

개인의 상황마다 다르겠지만 명분을 지킬 수 있는 한계까지는 명분을 지켜야 하고, 명분을 버리고 실리를 찾아갈 수밖에 없는 상황에서는 다수로부터 실리를 찾아갈 수밖에 없는 상황적인 명분을 얻어 실리로 가는 것이 현명한 것이라고 생각한다. 참으로 어려운 문제이다.

내가 무슨 죄를 저질렀는지 법정에 서 봐야 알 수 있다

051

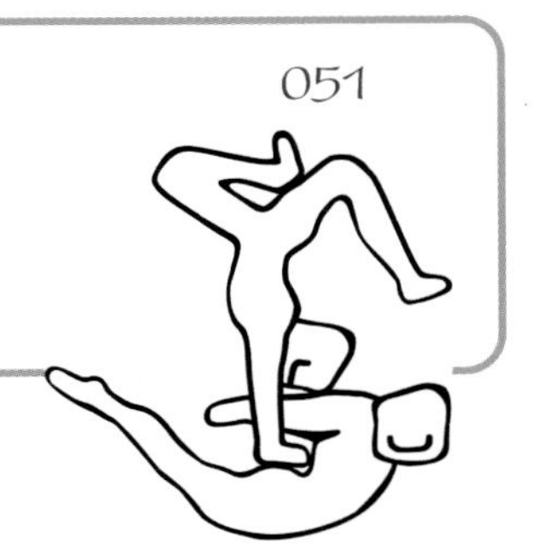

원칙에서 흔들리지 마라!(균형감각)

낮에는 근무 시간 중에 운동을 할 수가 없어서, 일과가 끝나고 저녁식사 후에 두 시간 정도 산행하는 것으로 운동을 삼은 것이 10여 년의 습관이 되었다. 간혹 운동을 마치고 목욕탕 사우나에서 땀을 빼고 나면 목이 말라, 함께 한 사람들과 캔 맥주 하나 정도를 마시고 헤어지곤 했다.

그러던 어느 날, 그날은 술을 조금 과하게 마셨는데 집으로 가기 위해 대리운전을 부를까 말까 고민을 하다가, 집까지 그리 멀지 않았기 때문에 그냥 차를 몰았다. 그런데 코너를 돌자마자 경찰관들이 음주 단속을 하고 있는 것이 아닌가. 약간 불안하기는 했지만, 아주 취하도록 마신 것도 아니었기 때문에 한편으로는 아전인수(我田引水) 격으로, '이 정도는 괜찮겠지.'라고 생각했는데, 측정기로

재어보니 훈방 처리하는 기준을 약간 넘어선 수치가 나오고 말았다. 경찰관에게 사정 얘기를 하고, '이것은 훈방 기준에서 아주 약간 넘었으니 참작해 달라.'고 했으나, 나의 사정이 통하지 않고, 음주운전 처리가 되어버렸다.

나는 평상시에 최대한 준법을 하려는 사람이기 때문에 양심상 크게 자책하지는 않았다. 음주 운행 단속에서 적발된 사람들의 집단 교육장에 들어가 보니, 나처럼 한계치를 조금 넘은 사람이나, 많이 넘은 사람이나 구분 없이 교육을 시키고 있었다. 교육 과정 중에 일부분은 현장실습이라는 과목도 있었는데, 시내 중심 사거리에서 '교통질서를 잘 지킵시다.', '앞으로는 절대 음주운전을 하지 않겠습니다.'라는 피켓을 들고 서있는 것이었다.

나는 맥주 한 잔을 마신 것이 이렇게 나의 자존심에 상처를 줄 행동이 될 줄 몰랐다. TV에서 뉴스를 보면 별의별 사건사고가 많은데, 그 사람들 역시 자기 죄로 인하여 법정에 섰을 때 얼마큼의 형량이 선고될 줄 알면서 위법(違法)을 저지르는 사람은 거의 없을 것이다. 대기업 자산에 비하면 아주 극히 일부분의 돈을 비자금으로 만들었다거나, 횡령했다는 이유로 수 년씩 형무소에 들어가 있는 것을 보게 된다. 그 사람들 역시 자기의 죗값이 얼마인지 모르고 행동했을 것이었다. 애나 어른이나, 부자거나 빈자거나 간에 스스로의 양심에 비춰봤을 때 해서는 안 될 일은 절대로 해서는 안 된다는 결론에 이르는 것이다.

사회가 복잡해지다 보니, 옛날 방식대로, '네 죄를 네가 알렸다.'는 것을 현대사회에 그대로 적용하는 것은 맞지 않다. 내가 내 죄를 알기에는 사회적인 구조가 너무 복잡해서 사소한 나의 잘못이 얼마나 큰 파장을 일으켰는지는 법정에 서봐야 깨닫게 된다.

사업을 25년 넘게 하다 보니, 이런저런 사유로 경찰, 검찰에 여러 번 조사를 받은 적이 있다. 비록 내가 잘못한 것이 아니고 직원이 잘못을 저질렀을 때, 대표이사의 신분인지라 피의자 또는 참고인으로 조사를 받았기 때문이었을까, 그렇게 크게 양심에 가책을 느껴본 적도 많지 않다.

나의 행동 하나하나가 어느 법령을 지키고 있는 것인지, 그렇지 못하고 있는 것인지는, 법에 관련된, 아주 극히 일부분 사람을 제외하고는 알 길이 없다.

사업事業

사업이란 사업할 사람만 하는 것이다

Business

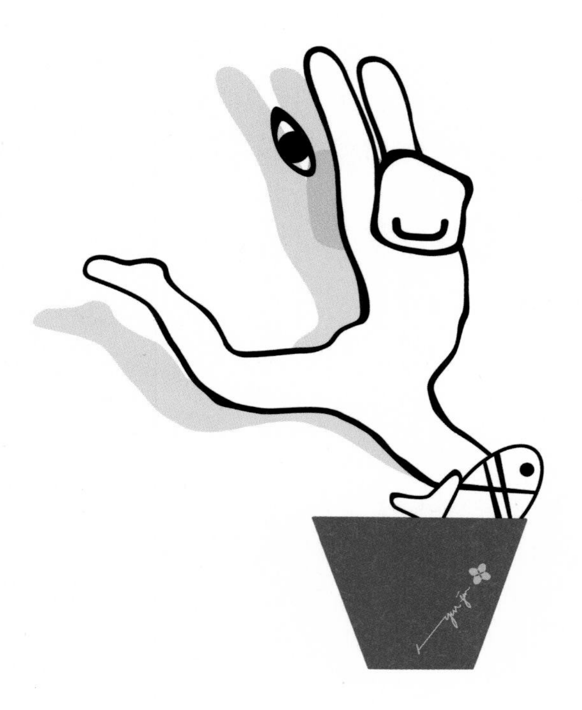

누구를 상대로 장사할 것인가?

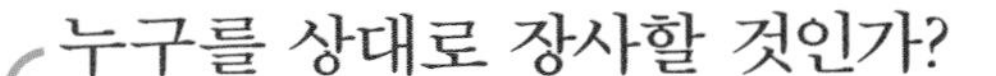

052

사업이란 사업 할 사람만 하는 것이다(사업)

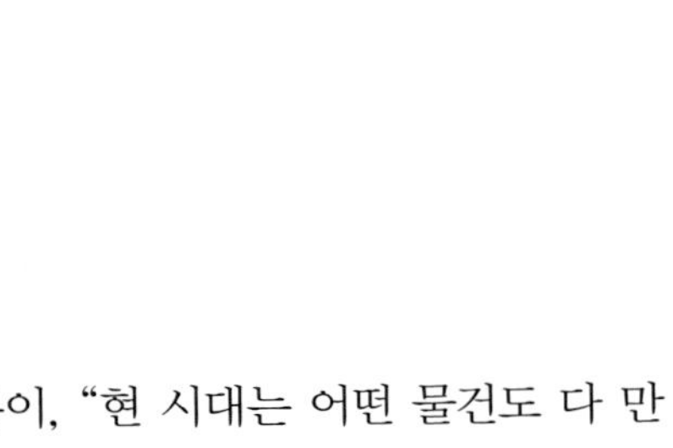

선진 금융계통에서 일하시는 분이, "현 시대는 어떤 물건도 다 만들어낼 수 있는 생산 기술을 갖추었기 때문에, 그 제품의 성패는 영업에 달렸다."고 했다. 결국은 마케팅의 중요성을 강조한 것이라고 생각된다. 고객을 만들기 위해서는, 즉 내가 만든 물건을 팔 수만 있다면 모든 방법을 다 동원하여야 한다.

어느 기업은 고객을 사로잡기 위하여 비굴할 정도의 말도 서슴지 않는다. '고객은 왕이다.' , 또는 '고객이 하는 말은 무조건 옳다.'는 식으로 고객의 지갑을 열기 위해 별 짓을 다한다. 어떤 이는 여자는 미모에, 남자는 정력에 좋다고 하면, 앞뒤 생각을 하지 않고 돈을 아끼지 않는다고도 한다.

나는 여기에서 고객을 크게 두 종류로 분류하고 싶다.

내가 만든 물건의 대상 고객이 특정 소수이냐? 아니면 불특정 다수냐?

이것의 기준에 따라 마케팅의 방침이 결정된다.

불특정 다수는 외부보다 내부의 중요성이 훨씬 큰 비중을 차지하고, 특정 소수는 내부보다 외부의 중요성에 대한 비중이 더 크다. 불특정 다수 고객의 경우는 투자부터 판매까지 시장 논리에 의존하며, 내가 뜻한 대로 이끌어 갈 수 있으나, 특정 소수는 그 반대일 경우가 많다.

불특정 다수는 내 자금력, 기술 개발, 영업력으로 진정한 경쟁을 거치기 때문에 사회의 발전에도 기여하게 된다. 반면에 특정 소수를 고객으로 하는 사업은 대체적으로 불특정 다수에 비하여 진정한 경쟁(競爭)을 하는 것이 쉽지 않다. 결국은 많은 음성적인 것이 내포될 수 있고, 생산자와 소비자의 관계에 여러 가지 특수한 조건이 있을 수 있다.

여러 가지 경우가 있을 수 있겠지만, 최종 소비자에게 원가가 노출되어 있는 한계사업은 피하는 것이 좋다.

불특정 다수를 대상으로 하면서, 부가 가치를 크게 증대시킬 수 있는 기술 개발(R&D)이 주축이 되는 사업이 좋다. 그것이 내 정신 건강에도 좋고, 미래의 희망도 크게 가져볼 수 있는 것이다.

어차피 할 사업이라면 미래지향적으로 크게 생각해보는 것이 당연하지 않겠는가?

사람, 자금, 아이템에 하나 더

053

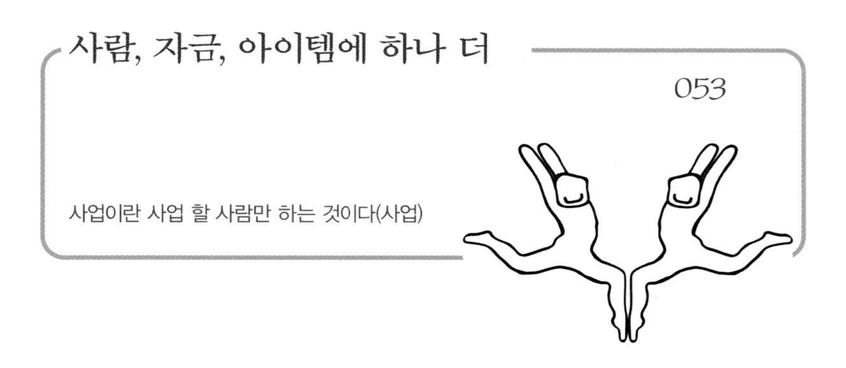

사업이란 사업 할 사람만 하는 것이다(사업)

얼마 전, 건물을 지어놓고 임대를 한 결과, 90여 평을 제외하고는 모두 임대가 되었다. 미 임대 공간은 계약이 될 듯하다가 결렬되곤 하였다. 일 년 이상 기다리다가 직영(直營) 하기로 마음을 굳히고, 각종 아이템을 구상하였다.

심사숙고 끝에 조금은 품격이 있는 음식점을 하기로 하였으며, 직원 중에서 관리자를 뽑아 음식점 관리를 맡긴 결과, 제법 장사도 잘 되고, 어느 정도 수익률도 있어 수지 타산을 맞추게 되었다.

그 후 6개월 정도 지나, 음식점도 정상 궤도에 올라 한시름 놓고 있었는데, 어떤 분이 사무실을 방문하여 음식점을 운영하고 싶다는 의향(意向)을 전해왔다. 물론 음식점에 투입된 돈뿐만 아니라 권리금도 지불하겠다는 조건이었다. 그분은 6개월 전에도 사무실에 여러 번 찾아와 임대 문의를 했던 사람이었다. 현재는 직원이 관리하고 있기 때문에 안 된다고 정중히 거절하였다. 그분이 전에 임대 문의차 방문하였을 때는 망설임 속에 고민하였고, 결국은 결론을 내리지 못하고 포기하였는데, 이제 와서 그것이 후회스럽다는 것이었다.

이 두 상황의 차이점은 결단력과 추진력의, 있고 없음이다.

이 결단력과 추진력이 바로 권리금이니, 사업권(事業權)이니 하는 프리미엄이 되는 것이다. 아무리 좋은 아이디어가 많으면 무엇 하나? 구슬이 서 말이라도 꿰어야 보배가 되는 것이다. 아무리 좋은 환경과 조건이 갖추어져 있으면 무엇 하나? 벌떡 일어나 몸을 움직여 실행에 옮겨야지!

백 가지의 조건이 갖추어져 있어도 실행을 하지 않으면 아무 소용이 없다.

백 가지 중 몇 가지 준비가 안 되어 있어도, 결단력과 과감한 추진력이 있으면, 이 부족한 것은 보완되고 성공할 수 있는 것이다.

이불 속에서 언제 일어날까 시계만 보지 말고, 언제 일어나도 일어날 것이라면 지금 벌떡 일어나 움직여라!

후회는 항상 늦는 법이다.

할 것이냐, 말 것이냐?

054

사업이란 사업 할 사람만 하는 것이다(사업)

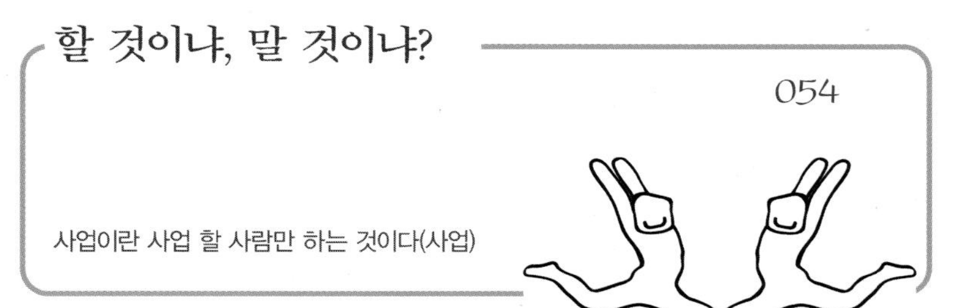

친구 중 한명이 작은 돈에는 엄청 인색하나, 마음은 넉넉한 사람이 있었다. 같이 식사라도 하면 식사비를 내는 경우가 거의 없었다. 돈을 낼 때는 화장실을 갔다 오거나, 구두끈을 매거나, 전화를 하거나 등등 교묘하게 그 순간을 피하곤 한다.

나는 단 한 번도 그것을 불쾌하거나 괘씸하게 생각해본 적이 없었다. 왜냐하면, 부모로부터 큰 재산을 상속받아, 그것을 지키기 위하여 인색해질 수밖에 없는 그 친구의 심정을 이해하고 있었기 때문이다. 그러나 마음만은 순수한 사람이어서 개인적으로 찾아가서 돈 부탁을 하면, 몇 천만 원, 몇 억 원에 해당하는 돈도 딱한 사정 몇 마디에 문제를 해결해주곤 했다. 상속받은 돈을 지켜보겠다는 마음으로 작은 돈은 절약하나, 상대방의 딱한 사정을 듣고는 큰돈은 쉽게 융통해주곤 하는 것이었다. 옆에서 지켜보면 그 중 2, 30%도 해결하지 못하고, 결국은 손해를 보곤 했다.

15년 정도 지난 후, 신문 공고에서 그의 당좌거래 중지를 보고, 그가 도산된 것을 알았다. 남이 아무리 딱한 이야기를 해도, 자식들 학비와 생활비 외에는 절대로 귀를 기울이지 않기로 다시 한 번 다짐해 본다.

중국 상해(上海)의 한 백화점 출입문에, 지피지기(知彼知己)면 백전백승(百戰百勝)이라는 문구가 걸려 있는 것을 본 적이 있다.

지피지기의 근원은 타당성 검토인 것이다. 감정이 섞이면 절대로 안 된다. 가장 이성적이어야 한다. 나를 포함해서 의외로 많은 사람이 즉흥적, 감정적으로 중대사를 결정하는 경우를 많이 볼 수 있다.

인간은 감성도, 이성도 어느 한 쪽으로 기울어지지 않게 가지고 있어야 한다. 그러나 감성과 이성이 갈등하면 이성에 따라 행동하는 것이 필요하다.

할 것이냐, 말 것이야?

이것이 얼마나 중요한지!

이것이 엇박자 나면 처음부터 실패의 계곡으로 나도 모르게 진입하고 있는 것이다. 그 다음부터는 대책 회의가 무슨 소용이 있으며, 복구 계획이 무슨 소용이 있겠는가? 사후 약방문(死後 藥方文)이 될 뿐이다.

이런 실수를 막고자, 많은 돈을 주고 컨설팅을 받기도 하고, 철야 기도를 하거나 점집에 찾아가는 등등 다 동원하는 것이다. 엇박자가 나를 죽인다.

하기로 했으면, 그 다음은 Planning이다.

집은 그냥 지어지는 것이 아니다. 목수가 자기 임의대로 집을 짓는 것이 아니라 계획, 즉, 설계대로 짓는 것이다. 큰 집을 지으려면, 기초부터 크게 설계해야 하고, 그만큼 시간도 많이 들고, 비용도 많이 든다. 또한 터도 넓게 잡아야 한다.

당하는 재주밖에 없다

055

사업이란 사업 할 사람만 하는 것이다(사업)

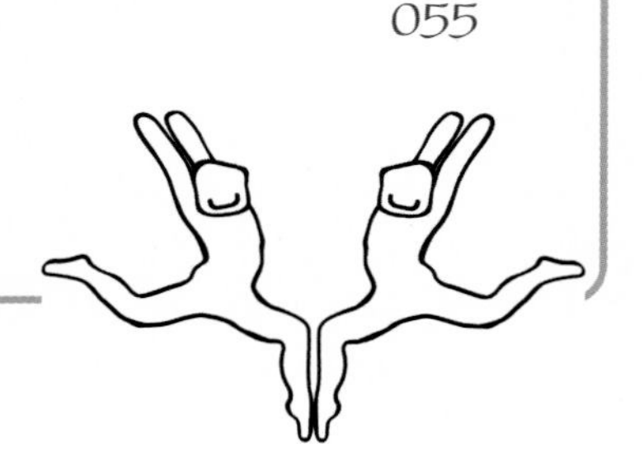

십여 년 전에 십 층짜리 건물을 지은 적이 있다.

그 대지 바로 옆에 법원 경매가 진행 중인 건물이 하나 있었다. 지하층을 공사하기 위해서 지하 12 내지 13 미터 깊이로 토목공사를 굴착하고 있었다. 지하 토목공사 굴착 시에는 인접대지의 지반(地盤)에 손상이 가지 않도록 별도의 흙막이 공사를 한다.

흙막이 옆 대지의 토지 쏠림이나, 흙막이의 변형을 알아보기 위해서 계측기(計測器)를 달아 놓았는데, 어느 날 현장에서, 아침에 갑자기 흙막이가 크게 변형됐다는 보고가 들어왔다. 다급히 달려가서 현장을 살펴보니, 어제 저녁까지 멀쩡하던 흙막이가 크게 변형되고 집수정(集水井)에도 많은 물이 괴어 있었다. 주변에 있는 수도관이 터지지 아니하고는 이런 현상이 있을 수가 없었다.

2, 3일이 지나니, 경매가 진행 중인 옆 건물이 기울어져 균열이 가기 시작했다. 집 주인은 공사 때문에 집이 기울고, 균열이 생겼으니 손해배상을 하라는 것이었다. 며칠 후에 알아보니, 경매가 진행 중인 그 집 주인이 콘크리트 사이로 호스를 연결하고 밤새도록 수돗물을 틀어놓은 것이었다.

일반인들은 감히 상상도 못할 짓이었다. 경찰서에 찾아가고 검찰청 등 관계 기관을 찾아가서 이 사실을 하소연해 봐도 소용이 없었다. 그들은 당장 벌어진 사건사고를 처리하기에 바빴으며, 사람이 죽은 것도 아니고, 교통에 크게 장애를 받는 것도 아니며, 공사 중 인접대지에 있는 사람과의 단순한 민원사항 정도로 여기고 있었다. 한쪽에서 아무리 억울하다고 외쳐도, 죽기 전까지는 신경도 쓰지 않는 것이었다.

이렇듯 삶의 과정 속에서 우리는 예기치 못한 억울함을 당하는 경우가 많이 발생한다. 이럴 때 우리는 애원도 해보고, 하소연도 하며, 종국엔 변호사를 사서 법원에 소송을 하는 등 나름대로의 억울함을 해소하고자 노력한다.

이런 노력에도 불구하고, 억울함이 해소되지 않을 때, 극단적으로 테러, 폭력, 방화, 심지어는 청부 살인 또는 직접 살인을 자행하기도 한다. 분하고 억울한 마음이 심해지면 화병까지 생기는 등, 그 고통은 이루 말할 수가 없다.

반면, 가해자의 심정은 어떠할까?

자신이 생각하는 소기의 목적을 달성하였기에 고통보다는 성취감을 느끼는지도 모른다. 마치 연못 안의 개구리에 돌팔매질하는 소년과 같은 입장일 것이다. 한쪽은 아주 작은 이익을 위한 것이지만, 다른 한쪽은 거의 생사가 달려있는 문제로써 결국 가해자의 작은 이익 때문에 그 일에 관계되어 있는 여러 사람들이 생사의 고통에 직면하게 될 수도 있다는 것이다.

나는 이에 대한 해법으로, 역설적일 수는 있겠지만 한 마디만 하고 싶다.

"인생을 잘 이끌어가려면, 평소에 당하지 않도록 경거망동하지 말고 주위를 잘 살피고 조심해야 한다. 더 심하게 당하고 억울하기 전에 피하라."

작심하고 덤비는 자들 앞에서는 당하는 재주밖에는 없는 것이 현실이다.

주차비 아까워서 물건 사는 바보 천치

056

사업이란 사업 할 사람만 하는 것이다(사업)

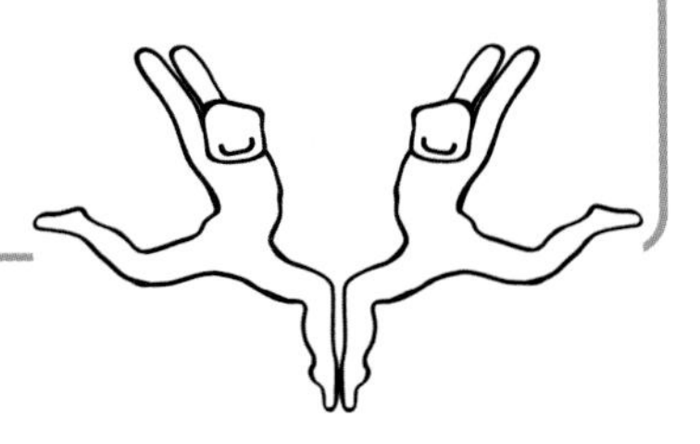

누구나 한 번쯤은 겪는 해프닝이다.

백화점에 물건을 사러 갔다가 사지 못하고 나오면서 주차비를 내게 되면 아까운 생각이 드는 것은 당연하다. 간혹, 주차비가 아까워서 지금 당장 필요하지 않은 물건을 사는 경우도 없지 않다.

이런 아이러니한 경우를 다른 사업자에게서도 보고, 간혹 나 또한 이런 일을 행하는 경우가 있다. 이런 경우, 자칫 잘못하면 생각 외로 큰 손해(Damage)가 있을 수 있다. 어쩔 수 없이 연속된 사업을 추진할 때는, 혹시라도 주차비가 아까워서 필요하지 않은 물건을 사는 것과 같은 어리석은 행동을 하는 것은 아닌지 점검해봐야 한다.

건설업을 하면서 일감이 떨어졌을 때, 잉여인력 때문에 상당히 곤혹스러울 때가 있다. 그러다 보면, 저가(低價) 수주, 또는 남들은 쳐다보지도 않는 공사를 계약하게 되는 경우가 있다. 그러나 공사 수주를 하지 않고, 직원들을 휴가 보내는 것이 차라리 나은 경우가 이러한 경우이다.

때에 따라서는 이런 잘못된 판단 때문에 회사의 존립이 위태로운 경우도 있다. 원인을 보면, 주차비를 내지 않으려고 물건을 사는 상황과 다를 바 없다. 그러나 결과는 엄청난 손실이다.

자기가 가진 부동산이 놀고 있는 꼴이 마음에 들지 않아, 배보다 배꼽이 더 큰 공사비를 들여 빌딩을 짓는 사람, 실직 상태인 자식을 위해 평생직장 만들어 준다고 사업을 벌이는 사람, 사고 한 번 저지르고 원하지 않는 결혼을 하는 사람 등.

많이 배우고, 경험이 많은데도 예외 없이 이 덫에 걸려있는 사람이 의외로 많이 있다. 목적의 본질을 잘못 판단하는 것이(내 식대로의 판단) 엄청난 불행을 동반하고 있지는 않나, 생각해 봐야 한다. 처음 잘못된 결정을 했더라도, 그것을 가지고 너무 연연하지 말고, 과감히 버릴 줄도 알아야 한다.

조선시대 거상(巨商) 임상옥은 '아니다 할 때 빨리 접는 것이 남는 장사'라고 하였다.

주차비 아까워하지 말고, 주차비 내고 나가라!

안 도둑이 더 무섭다

057

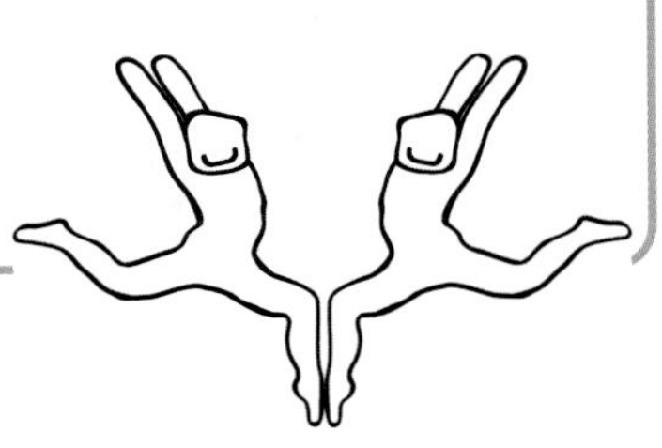

사업이란 사업 할 사람만 하는 것이다(사업)

조직체를 운영하다 보면, 경영학 서적에 나오는 많은 각론(各論)들을 적용시켜 생각하게 된다. 이 각론들 대부분은 관리에 관한 것들을 파트 별로 주제를 삼고 있는 것이 일반적이다. 각 각론들 속에서 찾을 수 없는 것 중의 하나가, 드러내놓고 말하는 것이 논리적이고 학술적으로 정립시켜 말하기 어려운 분야에 대한 것이다.

그것은 조직체 속에 들어있는 암 덩어리와 같은 존재로써 흔히 말하는 안 도둑이라는 것이다. 안 도둑은 겉보기에는 조직체를 위하여 일하는 것 같이 보이나, 속마음은 이 조직체에서 무엇을 가져갈까를 궁리하는 자이다.

울타리 밖으로부터 오는 도둑은, 안에서 생기는 도둑에 비하면 식별하기가 훨씬 쉽다. 통상 밖에서 들어오는 도둑은 조직 모두가 경계대상으로 삼고 있으니, 도둑질하는 것이 쉽지 않다. 또 요령껏 한다고 해 봤자 많은 사람들이 지켜보는 중에 하는 행위이기 때문에 그런 자들에게 크게 도둑맞는 경우도 흔치 않다.

그러나 안에 있는 도둑은, 우리 모두와 같은 색깔의 옷을 입고 있고 있기 때문에 그 안에서 무슨 생각을 하고 있는지 식별하는 것이 여간 힘들지 않다. 그래서 일이 터지고 난 후에야 발견되는 것이 대부분인 것이다. 안 도둑은 때에 따라서 조직 전체를 와해시킬 정도의 무서운 결과를 가져오기도 한다.

최근에 한 대기업에서 고객 정보를 밖으로 유출하는 사건이 발생했고, 그 배상해야 할 금액이 약 5조 원에 달한다는 TV 뉴스를 들어본 적이 있다. 경찰 조사 결과, 고객 정보를 밖으로 유출시킨 자는 그 정보를 다루고 있는, 기업의 내부 직원이었다. 겉옷만 조직의 색깔을 가지고 있을 뿐이지, 조직의 운명을 좌우하는 큰 도둑인 것이다.

사업체 조직에서의 기업정보 관리자, 구매 담당자, 하도급 계약 체결 담당자, 비업무용 자산 매매 담당자들이 가장 요 주의해야 할 자리이다. 일, 이백만 원의 사례를 받고 수 천만 원 또는 수억 원을 상대에게 덤으로 얹어주는 경우가 허다한 것이다.

우리나라도 이제는 경쟁상대자가 국내에 한정된 것이 아니고, 전세계 경제 흐름에 동참하고 있는 상황에서 안 도둑이 설치면 국가 경제에도 엄청난 피해를 가져온다.

결국 앞으로 남고, 뒤로 밑지는, 그런 형국(形局)이 되는 것이다.

그래서 경영관리는 고객 관리, 자금 관리, 자재관리도 중요하지만 도둑 관리가 그 어느 분야보다 중요하다고 말할 수 있다. 특히 안 도둑이 생기지 않도록 조직적인 관리를 하며, 직원들에 대한 심성교육도 게을리 하지 않도록 해야 한다. 또한 우리가 얼마나 어려운 경쟁 사회에서 살고 있는지를 알려 공감대를 형성하도록 해야 한다.

또한 기업 운영이 잘 될 때일수록, 특별한 보수 체계도 세워서 사전에 안 도둑이 발생하지 않도록 해야 한다. 전체적인 조직 시스템에 대한 현미경 점검(點檢)이 필요한 것이다.

주인의식은 주인한테서만 나온다

058

사업이란 사업 할 사람만 하는 것이다(사업)

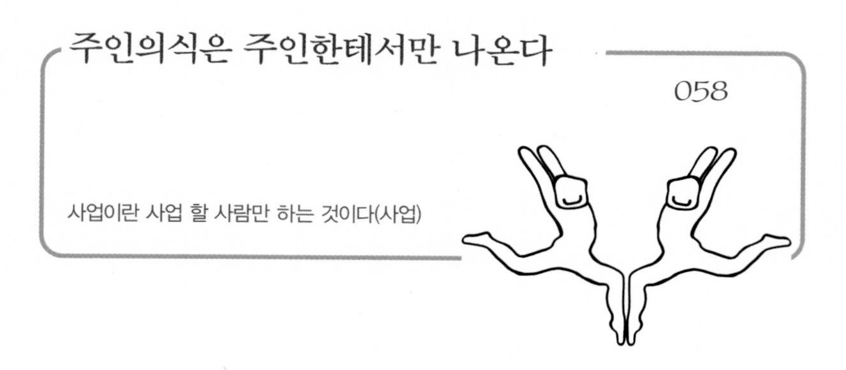

언뜻 들으면 도저히 성립될 수 없는 말들이 종종 사용되곤 한다.

'원수를 내 몸처럼 사랑하라.'

원수면 원수이지, 어떻게 내 몸처럼 사랑할 수 있는가?

'항상 감사하라.'

지금 어마어마한 불행을 겪고 있는데, 그 속에서 어떻게 감사할 수 있단 말인가?

'검은 머리 파뿌리 될 때까지 사랑하라.'

결혼해서 죽을 때까지 수없이 다투고 싸움을 하면서 살아가는 것이 인생인데, 어떻게 끝까지 변함없이 사랑만 하면서 살 수 있겠는가?

'주인의식을 가지고 일을 하라.'

주인이 아닌 사람에게 주인의식을 가지고 일을 하는 것이, 말이 되는 소리인가?

모두 그렇게 해주었으면 좋겠다는 뜻인지는 알겠으나, 다시 생각해보면 제삼자가 당사자가 아닌지라 실행하기 어려운 것을 강요하는 것과 같은 것이다. 위에서 열거했던, 도저히 성립될 것처럼 보이지 않는 말들을 실천하는 사람들을 볼 수 있기는 하다. 확률로 보면 거의 0%에 가까운 경우이다.

이들은 일반인과는 달리 매우 특수하고 훌륭한 인자를 가지고 살았고, 살고 있는 사람들이다. 그렇게 산 사람들의 끝은 분명히 명예롭고, 존경받는 삶을 이루게 된다. 원수를 내 몸처럼 사랑하신 분은 예수님이고, 혹독한 환경 속에서도 항상 감사하며 살았던 이는 테레사 수녀이다.

죽을 때까지 사랑하며 살아온 부부는, 얼마 전에 개봉되어 많은 사람들에게 진한 감동을 주었던 영화, '님아, 그 강을 건너지 마오!'에 나온 주인공들이다. 주인이 아닌데도 주인의식을 가지고 일에 임한 사람들은 대기업의 사장이거나, 한 나라의 대통령쯤이 되겠다. 진실 되게 그 일을 수행하여, 그 끝에 많은 사람들로부터 진심 어린 존경을 받는 사람들을 볼 수 있다.

그러면 주인이 아닌 사람에게 어떻게 주인의식을 갖게 해 줄 것인지가 문제이다. 한 회사에서 주인이 아닌 사람이 주인의식을 가지고 일해 줄 수 있는 사람이 단 열 명만 있어도, 그 회사는 굉장한 성공을 거둘 수 있을 것이라고 생각한다. 그런 생각을 하다 보니, 지난날에는 나 자신도, 회사의 직원들에게 종종 주인의식을 가지고 일을 하라고 채근했었다.

그런데 어느 날, 불현듯 내가 어마어마한 착각 속에 빠져서 살고 있다는 것을 깨달았다. 정말로 능력이 있고, 양심이 바르며, 지혜로운 직원이 있다면, 그에게 주인의식을 가지라고 채근하며 떠들 일이 아니라, 실질적으로 주인으로 만들어 주는 방법밖에는 없다. 성과급, 인센티브, 주식 분배 등 여러 가지를 생각할 수 있다. 희망을 느끼지 못하는 상황에서는 자발적인 의욕을 가질 수도 없고, 회사의 일에 기쁨을 가지고 참여하는 것을 기대할 수도 없다.

그런데 회사가 힘들 때에는 고통분담을 운운하면서 직원들의 희생을 요구하고, 이익이 많이 날 때에는 사세(社勢) 확장에만 힘을 쓰는 주인들이 적지 않다. 그러니 그 속에서 주인 아닌 누가 주인의식을 가지고 일을 할 수 있겠는가?

어떤 분배원칙을 도입할 것인가가 고민스럽다.

온 세상에 돌팔이들이 날뛴다

059

사업이란 사업 할 사람만 하는 것이다(사업)

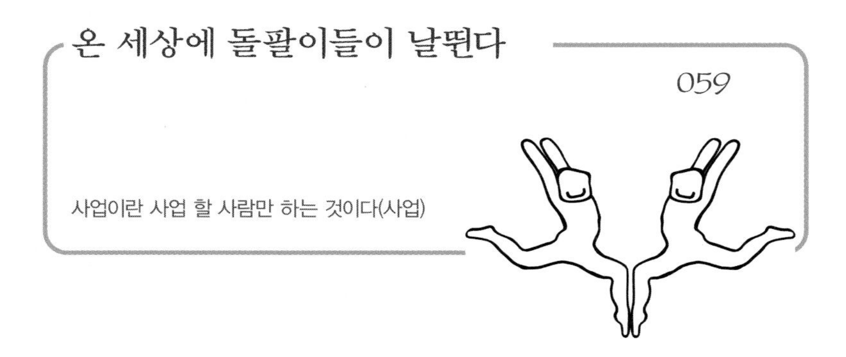

25년 전에 직장생활을 정리하고 건설 관련 사업을 시작하였다.

1990년대 초는 건설 경기가 좋았던 때였다. 건축기사 1급 자격증을 가진 사람들을 채용하려고 몇 사람을 만나보니, 좀 심하게 말하면 암행어사 어패(御牌)를 가지고 있는 듯한 착각이 일어날 정도였다. 마치 기사 자격증을 가지고 있는 것이, 건설에 대해서는 다 알고 있다는 듯한 인상을 풍기는 사람들이 태반이었다. 그러나 정작 실무에 대해 질문을 하면, 제대로 대답하지 못하는 수준의 사람들이 많았다.

어느 날, 병원에 신체검사를 하기 위해 평소 알고 지내던 의사를 만났는데, 그 친구 하는 말이, "형님, 저의 목표는 의사가 아니고 의

료계를 대표하는 국회의원이 되는 것입니다."였다.

의대를 졸업하고, 이제 막 개업한 의원의 의사였는데, 의술보다는 다른 방면에 관심이 있다고 하니, 이런 의사에게 몸을 맡겼다가는 큰일 나겠다는 생각이 들었다.

알고 있는 선배 한 분은, 몸이 좋지 않아 친구인 의사를 찾았다고 한다. 그 의사는 말기 암으로 가망이 없다는 진단을 내렸고, 이후 절망 속에 있다가 다른 사람의 권유로 대학병원에서 정밀 진단을 받은 결과 암이 아니라는 진단을 받았다고 한다. 이후 둘의 관계는 각자의 상상에 맡긴다.

다만 겪어본 사람은 다 아는 사실이지만, 우리가 건강검진 후, 어느 한 부분만 이상하다는 소견이 나와도 가슴이 내려앉고, 정신적인 고통이 적지 않은 법인데 하물며 말기 암이라고 진단받았을 그 선배의 정신적 고통은 실로 말로 표현하기 어려운 것이었으리라.

어떤 분야든 웬만큼 전문지식이 없이는 돌팔이 여부에 대하여 감별하기가 쉽지 않다. 기술자를 찾아가나, 의사를 찾아가나, 변호사를 찾아가나, 마치 최고의 전문인처럼 과시하는데 막상 일을 부탁하면 엉뚱한 짓을 하여, 의뢰한 일을 망쳐놓는 경우도 있다. 일이 잘못된 후 머리를 숙이고 사죄하면 무엇하랴?

그 분야에서 꽤 알려진 전문인이라 하더라도 변화가 많은 현장에 투입되면 시행착오가 발생하는 것이 이치인데, 일천한 기술로 마치 모든 것을 다 아는 척하면서 일을 망쳐놓는 것을 보면 한심함을 넘어 화가 치민다.

한 분야에서 전문가가 되기 위해서는 그 분야에 일만 시간을 투자해야 한다고 한다. 하루 3시간씩 10년을 연구해야 그 분야의 전문가가 된다는 것이다. 한자의 '익힐 습(習)' 이라는 글자는 새의 날개 우(羽)에 일백 백(白) 자를 합친 글자이다. 어린 새가 날기 위해서도 백 번의 나는 연습이 필요한데, 이제 겨우 이론적인 자격증을 획득하고, 경험도 없으면서 전문가 행세를 하는 사람들을 보면 한심한 생각이 든다.

물론 어느 분야든 그 분야의 전문인이 비전문가에 비해 잘 알 수밖에 없다. 그러나 그 전문인이 진정한 전문가가 되기 위해서는 많은 경험과 현장에서의 익힘이 있어야 한다. 이러한 숙달된 전문가를 알아볼 수 있는 눈을 가져야 비로소 자신의 일에 대한 전문가라 말할 수 있는 것이다.

사회 각 분야에는 숙달되지 않은 돌팔이 전문가들이 많다. 이 돌팔이들에게 잘못 걸리면 큰 낭패를 보게 된다. 오늘 내가 만나서 상의한 사람도 돌팔이가 아닌가 한 번쯤 숙고해 볼 일이며, 앞에서 큰 소리치는 사람은 다시 한 번 점검하여 보자.

모조 다이아몬드가 진짜 다이아몬드보다 겉보기에는 더 진짜 같다고 한다.

벌기보다 까먹기가 힘들다

060

사업이란 사업 할 사람만 하는 것이다(사업)

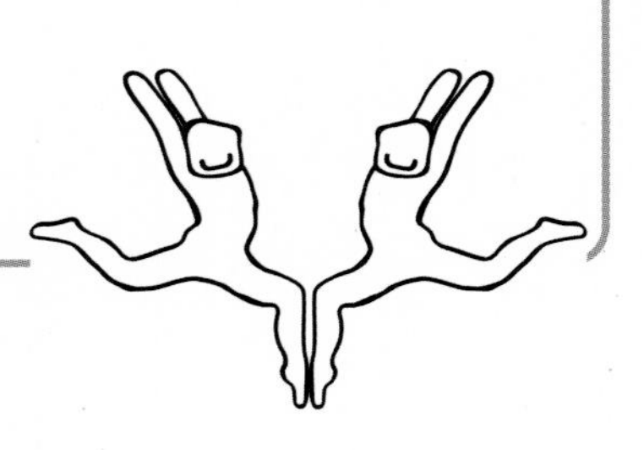

직장 생활을 하면서 일 년 정도 무역업을 해본 적이 있다. 미국에서 획기적인 제품을 한국 지역에 단독 대리점(Sole Agent) 권한을 확보하여 수입상을 해보았다. 획기적인 제품이라 광고만 되면 큰 수익을 얻을 것이라는 판단 아래, 있는 돈, 없는 돈 마련하여 한남동에 사무실을 차렸다.

봉급생활을 할 때는 다섯 식구가 궁색하지 않게 생활하고, 매월 일정액씩 저축도 하며 살았었다. 그때는 내가 대한민국에서 마음만큼은 제일 부자로 생각했다. 그러다가 사업을 시작하다 보니 겁이 났다.

일, 이백만 원씩 들어가는 것은 순간이었다. 봉급을 받아서 생활하던 사람이 사업 자금의 흐름을 느껴보니 그야말로 달걀로 바위를 치는 격과 같았다. 열심히 직장 생활을 하면서 절약해야 일 년에 일, 이천만 원 저축할까, 말까 하는데 장사판에서 오가는 돈은 지금까지 내가 생각했던 돈에 대한 개념을 완전히 바꿔 놓았다. 장사가 잘 되어 대박이 날 것이라는 기대를 가지고 시작했지만, 막상 시장 상황에 부딪쳐보니, 자칫 실패한다면 길바닥에 나가 앉을 것 같은 위기도 느꼈다.

바짝 정신을 차리고, 제품에 대한 소비자의 반응과 얼마 되지 않지만 돈에 대한 흐름을 면밀하게 주시하였다. 지금 생각해보면, 당시에는 매일, 매일, 용어도 익숙하지 않았던, 손익계산서와 대차대조표를 계산했던 것이다. 그 후 6개월쯤 지나보니, 제품에 결정적인 문제가 있다는 사실을 알게 되었고, 이를 손실 없이 마무리하기 위해서 온갖 신경을 다 써봤다.

사업을 모두 정리해놓고 보니, 놀라운 사실 두 가지를 발견했다.

첫 번째는, 봉급생활자와 사업자가 일에 대하여 생각하는 개념이 너무 다르다는 것이다. 지나와 생각해보니, 봉급생활자가 사업자로서의 사고 개념으로 전환되는 데는 최하 1년 내지 2년이 걸린다는 것이다. 봉급생활자는 주어진 권한 범위 안에서의 책임과 의무만을 다하면 되는 것이며, 최악의 상황에서 책임을 진다는 것이 사표를 내놓고 그 직장을 떠나면 되는 것이다. 그러나 사업자는 그 규모가 크건, 작건, 큰 기업에서 행하고 있는 모든 기능(機能)을 다 해야 한다. 권한 범위도 무한대이고, 책임도 무한대인 것이다. 마지막 책임은, 가진 것 다 내놓아야 하며, 다른 사람에게 피해를 주었을 때는 교도소까지 가야 한다. 모든 중요 결정은 벼랑 끝에서 이루어진다.

두 번째는, 적자가 나기는 했는데, 생각했던 것보다 그 적자 액이 크지 않았다는 것이다. 실로 까먹기도 쉽지 않다는 사실을 알았다. 모든 사람들은 돈 벌기가 힘들다고 말한다. 사실 돈 벌기보다 어려운 일은 없다. 마치 인생의 희로애락이 돈 벌기에 다 모인 듯싶다. 그러나 최선의 노력과 열정을 가지고 일하면, 심각한 적자(赤字)를 볼 수 없다는 것이 나의 지론이다.

대부분 사업을 처음 시작할 때는 내실보다 체면, 겉치레, 손님 접대, 품위 유지 등에 더 신경을 쓴다. 내실보다 남에게 보이는 것에 더 치중하면 투자한 돈을 까먹을 수밖에 없다. 그러고 난 후 변명이나 후회들을 한다. 까먹기 전에도 이런 변명과 후회할 상황을 예견할 수 있다. 실제로 최선을 다하지 않은 것이다.

밤잠 설치며, 미래에 일어날 일들을 여러 각도에서 검토하고, 시시때때로 손익계산서와 대차대조표를 작성해보아야 한다. 또한 일이 틀어질 경우에 대한 대책도 세워야 한다.

사업은 돈 벌기도 어렵지만, 까먹는 것이 더 어렵다는 말을 하고 싶다.

사업은 운을 등에 업고 하는 것이다

061

사업이란 사업 할 사람만 하는 것이다(사업)

하나의 사물도 보는 각도에 따라 달라 보이듯이 세상사도 이와 똑같다. 어릴 때부터 지겹게 들어온 말 중의 하나가, '공부를 열심히 하고, 인생을 성실히 살면 부자가 되고 출세할 수 있다.'는 것이다. 또 부자는 하늘이 만들어주는 것이지, 인간이 저 스스로 노력해서 되는 것이 아니라는 이야기도 들어왔다. 지금까지 나의 사업 과정을 살펴보면, 작은 사업부터 시작하여 서울 한복판에서 아파트 시공 분양사업까지도 해 보았다.

인생을 살아오면서 많은 업종의 사람들을 다양하게 만났다. 그리고 나 자신에게 스스로 많은 질문을 던지기도 하였다.

'수십 년을, 연탄 배달로 아주 성실하게 살아온 사람이 여전히 생활이 어려운데 왜 개선되지 않는 것일까?'

‘저 사람은 왜, 일어설 만하면 다시 주저앉는가?’

‘저 사람은 우리나라 최고의 학부를 졸업했는데, 나이 오십을 넘기고도 왜 저렇게 정신을 차리지 못하고 살까?’

‘저 사람은 최종 학력이 초등학교 졸업인데, 어떻게 저렇게 큰 사업을 해낼 수 있을까?’

형편이 어려운 사람도 어렵게 살고 싶어 어렵게 살고 있는 것은 아닐 것이다. 인간들은 세상살이가 자신이 생각하는 대로 되지 않음을 도처에서 느낄 수 있다.

30년 가까이 사업을 해오면서, 자금의 흐름을 2년 후까지 내다보면서 살아왔다. 극히 어려운 경우가 두 번 있었는데, 지나온 것을 생각해 보면, 그 어려움이 내 힘만으로 극복된 것은 아니라고 생각한다. 나는 기독교 신자이기 때문에 하나님의 도움을 받았다고 생각하나, 일반인들은 조상이 도왔다거나, 운이 좋았다고 생각할 수 있다.

세상 일을 생각해 볼 때, 우리는 정말 칠흑 같은 어둠 속을 더듬어 살아가는 것과 같다. 흔히들 깊은 생각 없이 운칠기삼(運七技三)이라 하는데, 그 말을 잘 생각해보면 심오한 일리가 있는 듯하다. 지금 현재까지 내 생활에 영향을 준 것은 운이 70%라는 뜻이다. 근본적으로 경쟁구조와 시장논리에서는 큰돈을 벌 수 없다고 생각한다. 경쟁이란 기본적인 절대 원가에 현장 유지관리비가 최저 한계점이다. 그런 조건에서 어떻게 돈을 벌 수가 있겠는가? 그냥 사는 것이지…….

그러므로 성실하고 근면하게 일하면, 이 땅에 살아 있는 모든 생명체는 기본적으로 먹고사는 문제는 해결할 수 있다고 본다. 그러나 여러 분야에서 남달리 큰 역할을 하는 자는 하나님의 특별한 예비하심이 있어야 한다고 생각한다.

어느 날, 칠순을 넘은 한학자(漢學者)와 담소하던 중에, 그분 말씀 한 마디가 큰 공감을 가져다주었다.

사람, 돈, 아이템, 의욕…… 이런 것들이 있다고 사업을 하는 것이 아니고, 사업이란 운을 등에 업고 하는 것이라 하였다. 큰 사업을 하고, 큰 재벌이 되는 것은 자신이 잘나서 되는 것도, 자신만의 노력으로 되는 것도 아니라고 했다. 노력하는 것은 누구에게나 기본인 것이다. 다른 사람들이 쉴 때 열심히 일하는 것은 사업의 기본이며, 그 결과는 운에 달려 있다고 보는 것이 맞다.

운이 없고 때가 아니라면, 소낙비가 그칠 때까지 처마 밑에서 쉬었다 가야 한다.

나한테는 그때가 언제인가?

이제는 땅을 팔아라

062

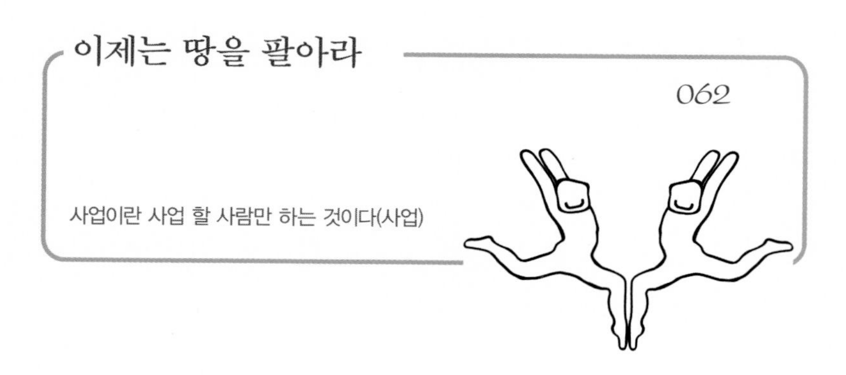

사업이란 사업 할 사람만 하는 것이다(사업)

내 주위에는 자기 나름대로 열심히 살아가면서도, 사회적으로나 경제적으로 아주 힘들게 살아가는 사람들이 있다. 반면, 몇몇 사람들은 큰 노력 없이도 최소한 겉보기에는 큰 고뇌와 고통 없이, 사회적으로나 경제적으로 여유를 가지고 살아가는 사람들도 있다. 이와 같은 불합리성 앞에서 고민하던 내가 찾은 학문이 명리학(命理學)이다. 명리학이 점서(占書)로서의 정확성이 있고, 없고를 논하기 전에 명리학의 이론 전개는 너무나도 공감하지 않을 수 없다.

명리학의 기본 원리는 음양오행 간의 작용과 반작용에 관한 것들을 자연 섭리에 맞추어 이론적으로 전개한 학문이다. 좀 더 깊이 들여다보면, 각 개인의 인생 흐름부터 시작하여 한 가게 및 단체 또는 국가 등의 흥망성쇠를 미시적인 것부터 거시적인 것까지 엿볼 수 있게 하는 체계적인 학문이다. 120년 주기 안에 30년 주기가 내포되어 있으며, 30년 주기 안에 10년 주기가 내포되어 있고, 10년 주기 안에 1년 주기가 내포되어 있다. 좀 더 깊이 들어가 보면, 두 시간 대의 주기설까지 미세하게 구분돼 있는 것을 알 수 있다.

명리학을 믿든, 믿지 않든, 공부를 했든, 하지 않았든, 이 주기설이 우리 일상생활에도 많이 적용되어 있는 것을 느끼게 된다.

40대 초반, 우연한 계기로 내 사업에 멘토 역할을 해주실 분을 만났다. 지금 생각해보면, 정말로 세상 물정에 대하여 아무것도 모르는 때였기에, 그 분께서 하시는 말씀 대부분은 내가 이해하기엔 너무도 힘이 들었다.

어느 날, 나를 부르더니 있는 돈, 없는 돈, 더하여 은행 빚까지 얻어서 이 땅, 저 땅을 본인이 감별해줘 가면서 사라고 권유하였다. 그런 기간이 거의 5년이나 되었기 때문에 상당한 부동산을 매입하게 되었다.

그 후, 2, 3년이 지난 어느 날 선생께서 나를 찾아와 하시는 말씀이, '먼저 산 부동산부터 하나씩 팔라.'고 하셨다. 나는 순간 마음속에 화가 치밀었다. 빚까지 내서 땅을 사라 해서 정말 어렵게 매입했는데, 몇 해도 지나지 않아 그 땅을 팔라는 말에 이의를 제기하자, 그 선생께서는 허허 웃으시며, '야, 이 사람아, 자네는 죽을 때까지 그 땅을 소지하리라고 생각했었는가? 흐르지 않는 물은 썩는 거야. 재물이라는 것도 움직이지 않고, 한 곳에 계속 있으면 훗날 쓸모 없는 골칫거리가 되는 거야.'라고 하셨다.

나는 순간, 세상의 또 다른 이치를 깨우치는 느낌이었다.

1973년 전 세계 오일 쇼크

1980년 미연방준비은행(FRB) 기준금리 20% 인상 쇼크

1987년 블랙 먼데이

2001년 911 테러로 인한 주가 폭락

2008년 리먼브라더스 사태

우연인지는 모르지만, 좋든 싫든 미국 경제의 영향을 받을 수밖에 없는 우리나라는 경제 위기 7년 주기설이 정설이 되어가고 있으며, 부동산 경기는 10년 주기설이 대세를 이루고 있는 것이다. 이를 반증하듯 지역마다 다소 편차는 있지만, 지역개발 주기 또한 20년 내지 30년마다 변화되고 있는 것이 현실이다. 길흉화복이 내가 생각한 대로 오고 갈지는 모르지만, 무척 빠른 속도로 변하고 있는 전자통신 산업시대에 살면서 어떻게 변화되어 왔으며, 어떻게 변화될 것인가는 각자가 생각해보고 살아가야 할 것이다.

재물은 결코 내 손에 머무르지 않는다!

이제는 땅을 팔아라!

내가 사업에 실패한 이유

063

사업이란 사업 할 사람만 하는 것이다(사업)

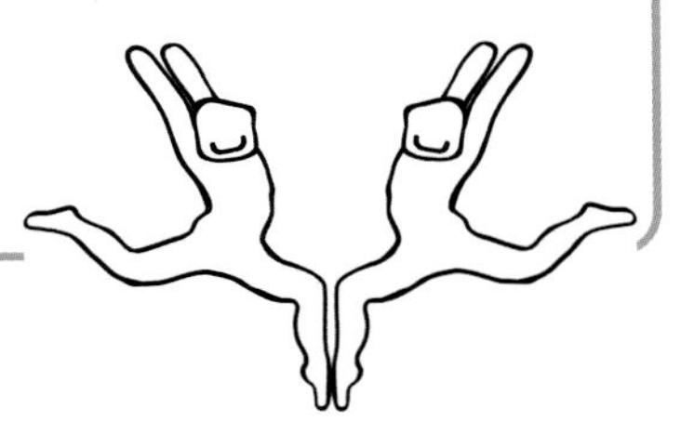

모든 사업의 시작은 망한다는 전제하에 출발한다. 다만 성공한 사업가와 실패한 사업가와의 차이는 사업이 영유되는 기간과 규모의 차이에서 구분된다. 연속된 7, 8번에 계획한 사업이 실패로 끝나 실패의 요인이 무엇인지를 생각하지 않을 수가 없다. 마지막 사업에 실패했을 때는 거덜 나기 직전의 상황까지 몰렸다. 건축 사업으로 어느 정도 규모가 커지니 연관된 산업 또는, 분야가 전혀 다른 매력적인 사업들이 자연스레 시작되곤 하였다.

내가 전문적인 지식을 가지고 있는 건설 사업이야, 어려운 때는 돌아가는 방법도 알고, 직원들이 잘 잘못을 하였을 때도 바로 바로 지적할 수 있었다. 연관된 사업 또는, 전혀 모르는 사업은 남의 판단력과 도움으로, 그 사람의 집행만을 옆에서 쳐다볼 수밖에 없는 것이다. 그러다 보니 자연스럽게 주위에 있는 사람 중에 믿을만한 사람들을 선택할 수밖에 없는 상황이 되었다.

첫 번째가 형제, 가까운 친척에게 손을 내밀 수밖에 없었다. 그래도 가장 믿을 수 있는 것이 형제나 친척이다. 훗날 결과는 이들이 깊이 참여한 사업은 성공적인 것은 없었다. 그 사람들이 다른 사람들에 비해 인성이 나쁜 것도 아닌 것 같다. 가까운 친척이 크게 사업하는 사업장에서 같이 일하면 의기투합되고, 서로의 심정도 익숙하여 남보다는 훨씬 좋은 성과를 기대할 수 있었던 것이다.

좋은 뜻으로 서로 의기투합되어서 일을 시작하였는데 어느 시점을 지나니 본분을 잊고 행세와 권리주장이 드러나기 시작하는 것이다. 그러다 보니 사무실에 위계질서가 흐트러지고 정확한 판단을 하는데 상당한 장애요인이 되어버리고 있었다. 상대방 입장에서 생각해 보면 내가 누구인데……. 사주(社主)와 정상적인 결재를 받지 않고도 아무 때나 독대할 수 있으며, 조금 사규에서 벗어나는 행동을 하여도 견제할 사람이 없어졌다. 가까운 친척을 사업장에 두어서 그 사람으로 인해서 사주(社主)의 판단이 흐려져 망한 기업이 주위에서 하나 둘이 아니라는 것을 알았다.

이 사람들이 인성이나 심성이 절대 나쁜 사람들은 아니고(아주 특별한 판단의식이 있는 사람이 아니고는) 누구나 그 환경에 들어가면 그렇게 될 수밖에 없는 정황이 벌어진다. "성공하면 다른 직원에 비해 내 몫을 크게 주장할 수 있고 안 되면 말고……"라는 의식이 잠재되어 있는 것이다. 설마 나를 어찌하랴? 밑져야 본전이라는 의식이 가득한 것이다. 절차를 거쳐 입사한 직원들은 실패하면 책임이 무섭다는 것을 절감하는데 형제, 친척은 책임에 대해 절감할 수 없는 것이다.

시골에서 할 일 없이 노는 동생을 데려다가 수족처럼 2, 30년 같이 일하고 나니 회사의 전 자산의 반절 가까이 재산을 주장하는 바람에 형, 동생간의 서로 만남조차 피하는 현상을 어찌하겠는가? 이가 없으면 잇몸으로 산다고 했는데…… 가까운 인간관계에 있는 사람을 내 사업장에다 들여놓는 것은 잘못된 것이다. 가까울수록 시간이 지날수록 도움보다 폐해가 더 커진다. 옛날 어른들이 사업장에 친인척을 들여놓지 말라고만 했지, 그 이유를 설명하지 않았기 때문에 누구나 쉽게 그 소리를 가벼이 생각했던 것 같다.

사업이 실패한 두 번째 이유는 자기 분야가 아닌 사업을 시작을 하려고 하면 모든 사람들이 전문경영인이라는 사람을 찾는다. 특정 사업마다 그 나름대로의 구조, 질서 등등이 있다. 정확히 알지 못하고 소요 자금만 가지고 돈을 번다는 희망 아래 전문경영인을 찾는다. 전문경영인이 내 마음처럼 꼼꼼하게 최선을 다해 해줄 것 같은 기대를 가지고 각별히 애정을 주며 일을 시작한다. 이러한 단순 개념으로 몇 차례를 실패하고 나니, 실패요인을 심각하게 검토하지 않을 수가 없다.

이 전문경영인들도 심성이나 인성이 그리 나쁜 사람들은 아니었던 것 같다. 그런데도 망하는 이유는 모든 면에서 공감대를 형성치 못하고 동상이몽하고 있었다. 실패한 몇몇 사례가 주마등처럼 흘러가는 현상을 보니 전문경영인이란 사람을 나의 등 뒤에 태우고 모든 방향, 속도 등등, 모든 것을 이 사람이 자기 주도하에 일은 다 저질러 놓고 궁지에 다 다르면, 그 사람은 떠나고 산더미 같은 쓰레기가 내 앞에 남아 있었다.

내가 승마를 하려면 말을 잘 다룰 줄 알아야 하고, 내가 차를 가지고 운전을 하려면 자동차의 각종 기기에 대해 알아야 하는 것과 같다. 어떤 사업이든 시작과 중간과 끝에 대한 특징, 지식 등을 알고 있어 절대로 전문경영인에게 모든 것을 맡겨서는 안 된다는 사실을 뒤늦게 파악했다.

옛날 어른들이 자기가 전공이 아니면 절대 사업을 하지 말라는 말들은 간혹 오가고 있었으나 그 이유가 무엇이었는지는 정확히 설명하지 않아 자금과 전문경영인만 있으면 돈 벌 수 있다는 희망 아래 속아 엄청난 실패를 거듭하게 되었던 것이다.

우리는 정보를 쉽게 구할 수 있는 현실에 산다. 남의 이야기만 듣지 말고 내 전공이 아닌 사업을 할 때에는 관련 서적을 최소한 5, 10권 정도는 읽어보고, 그 사람들의 실패담을 겸허히 받아들여 반복되는 실패 사례가 없도록 해야 한다.

법인체를 청산하는 것은 기적을 이루는 것이다

064

사업이란 사업 할 사람만 하는 것이다(사업)

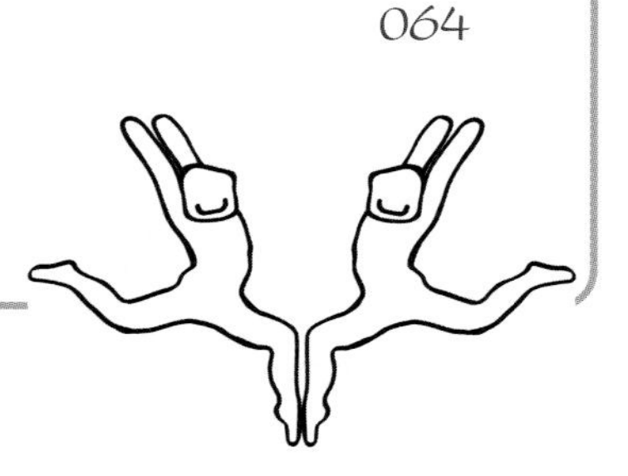

태어나 성장하면서 죽을 날을 미리 걱정하면서 살지 않듯이, 사업도 열심히 하면서 도중에 문 닫을 것을 미리 걱정하지 않는다. 허나, 분명한 것은 인간은 한 사람도 예외 없이 죽는다는 것과, 사업도 언젠가는 문을 닫는다는 것이다. 언젠가 분명히 닥칠 일들을 생각하지 않고 산다는 것도 분명 문제인 것이다.

명함 뒤에다 본인의 직함을 잔뜩 나열한 사람들을 보면, 좀 이상하다는 생각이 든다. 세상 일을 하나도 제대로 하기가 힘든 것인데, 저 사람은 저 많은 직함 중에 무슨 일을 제대로 할까? 또한 반면에 얼마나 많은 능력의 소유자인지 궁금하기도 하다. 사업도 이와 같은 이치로 보면, 그런 사람들은 돈만 된다면 일단 이것저것 지저분하게 벌려놓고 볼 것이다. 과연 무슨 사업을 제대로 할 수 있을까? 또한 저들이 사업을 정리할 수 있을 것인지 의문이 들기도 한다.

사업을 정리한다는 건 기적에 가까운 일이다.

사업은 망해야 정리되며, 그것도 자신의 손이 아닌 남의 손에 의해서 정리되는 것이다. 인생의 끝나는 시점에서 본다면, 끝나는 것이 (원하든, 원하지 않든) 목적이 되어버린 결과로도 생각할 수 있다.

지금까지 직장을 다니고, 사업을 하고, 열심히 살아온 마지막 목적지가 어쩔 수 없이 죽음으로 끝을 맞게 되는 이치와 같은 것이다. 이 끝을, 보기 좋고 내 영혼이 맑은 정신으로 간직하려면, 남에게 보여주기 좋은 삶보다 내가 깔끔하게 사는 습성을 길러야 한다.

내가 먹은 밥그릇을 깨끗이 설거지하는 것처럼, 내 사업장과 내 인생의 마지막을 남에게 피해 주지 않고, 말끔하게 청산하는 기적을 이루어야 한다.

가정과 부모형제家庭 父母兄弟

모든 것은 여기서부터 시작한다!

Home & Family

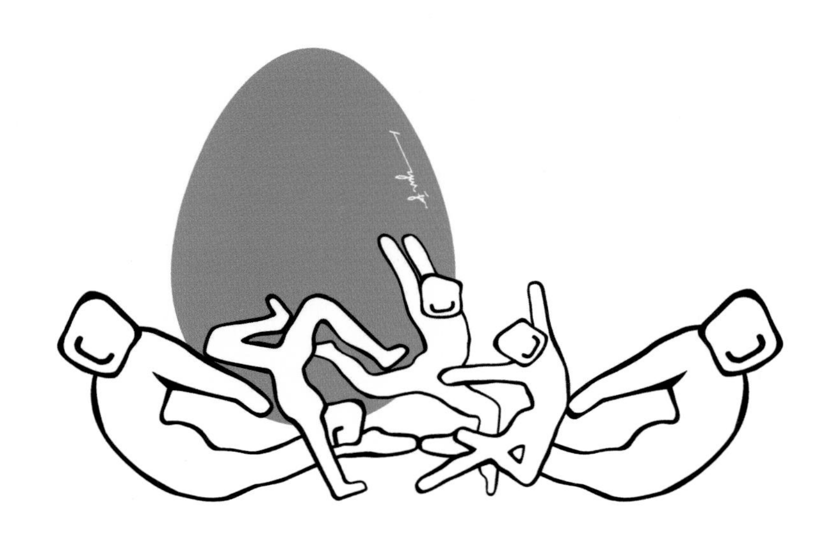

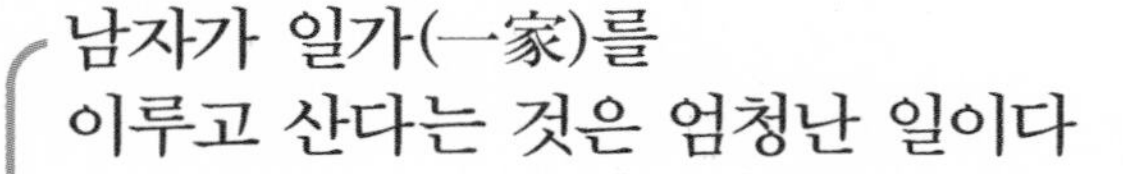

남자가 일가(一家)를 이루고 산다는 것은 엄청난 일이다

065

모든 것은 여기서부터 시작한다!(가정과 부모형제)

앞만 보고 정신없이 살다 보니 예순이 넘었다.

지나온 세월을 되돌아보면, 순간순간 어려운 고비를 많이도 겪어 왔는데, 앞으로 남은 인생은 지난 세월에 비하면 훨씬 어려울 것 같다.

절친한 후배는 부인과 못 살겠다고 이혼하고, 친구 딸은 행정고시를 합격하고도 자살하는가 하면, 몇 달 전에 친구 아들은 한 달 후에 태어날 자식을 두고 심장마비로 죽었다는 등, 여기저기 비통한 소식을 접하게 되면, 정말 남의 일 같지 않다는 생각에 서글픔이 밀려왔다.

어찌하여 꽃다운 나이에 이런 일들이 생기는가? 생각하면 할수록 안타까운 일이다.

30여 년 전에 나는 결혼을 앞두고 정신적으로 많이 방황한 기억이 있다. 대학 졸업과 동시에 어렵게 취직을 하였고, 신입사원 때였기에 윗사람의 말도 잘 안 들어오던 때였다. 물 가져오라고 하면 불 가져오라는 소리로 들리고, 문을 열어놓으라면, 문을 닫으라는 소리로 들리던 때이다.

재정적으로 아무런 준비가 되지 않은 상황에서, 결혼할 나이가 되었으니 결혼하라는 부모님 말씀을 듣고 정말 많이 답답했었다. 결혼을 앞두고 기쁨보다 걱정이 더 앞섰던 기억이 난다. 나를 믿고 결혼해준 아내가 불쌍하고 처량하게 보였다.

세월이 흘러 어느 날 밤에 화장실에 가려고 일어나보니, 내 옆에 꼬마 하나가 누워 있었다. 이제는 두 몸이 아니고 세 몸이구나. 이런 식으로 세월이 흐르다 보니, 부양할 식구가 자식 세 명을 포함하여 아내까지 네 명, 나를 포함해 다섯이었다. 이들 모두가 내 인생에 얹어있는 것이었다.

그로부터 십여 년 세월이 또 흐르다 보니, 짝 잃은 노모(老母)께서 옆에 와 계셨다. 이렇듯 우리네 삶은 의무를 잔뜩 지고 굴러가는 수레 같은 존재인지도 모른다. 그럼 어떻게 사는 것이 바람직한 삶일까?

가장 보편적이고 바람직한 삶을 몇 단계로 구분한다면,

첫 번째 단계에는 양친 부모 밑에서 형제들과 교육을 받고, 나이 들면 결혼하고,

두 번째 단계에는 결혼한 후에 자식을 낳고, 처와 함께 자식들 교육을 시키고, 결혼시키며,

세 번째 단계에는 출가시킨 자식들이 손자, 손녀를 잘 낳고 화목하게 살아주기를 바라는 것이다.

이 기간이 7, 80년 세월을 요하게 되는데, 이 기간 동안 내가 결혼할 때까지 부모님께서 살아계시고, 또 내 자식이 결혼할 때까지 우리 부부가 살아있고, 살아있는 날까지 큰 변고를 당하지 않고, 경제적으로 부유하지 않더라도, 남한테 가서 돈을 꿔달라고 아쉬운 소리 하지 않으며, 장애인이 나오지 않고, 교도소 한 번 가지 않으면서 살아간다면 정말 성공적인 삶이 될 것이다.

내가 아직도 전 근대적인 사고방식을 가지고 있는지는 모르지만, 집안의 가장(家長)으로서, 큰 변고 없이 일가(一家)를 이루고 산다는 것이 기적 같은 일이라는 생각을 한다.

우리 가족들이 오늘 하루도 내가 알지 못한 여러 가지 용무와 이유로, 여기저기를 돌아다니다가 별 탈 없이 집에 돌아와 잠든 모습을 보면 하나님께 감사드리지 않을 수 없다.

재파(財破), 여파(女破)

066

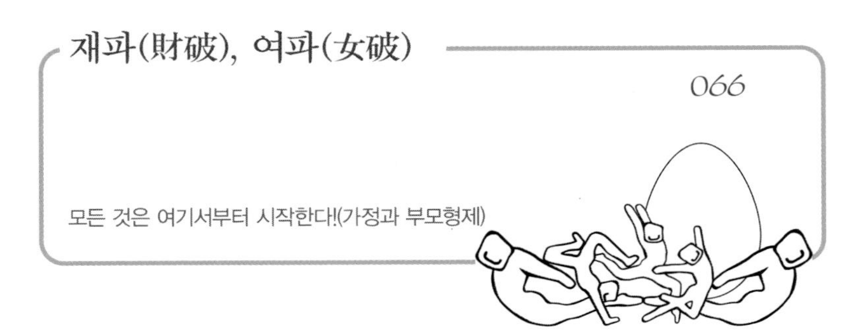

사람이 살아가면서 주의해야 할 것이 많이 있지만, 그중 재(財)로 인한 파(破)와 여자(남자)의 성(性)으로 인한 파(破)가 제일 무서운 것이다.

세상 대부분의 사람들은 돈이 많이 있기를 바라고, 자신의 배우자가 아름다운 여자, 또는 멋진 남자이기를 바란다.

지금도 중동지방에는 일부다처제(一夫多妻制)가 공인되었고, 우리의 옛말에, '열 여자 싫다는 남자 없다.'라는 말도 있듯이 상당수의 남자들이 여러 명의 여자와 함께 하길 바란다. 물론 평생을 한 반려자와 해로하는 사람이 없다는 것은 아니다.

돈이 많으면 폼 나게 살면서 인심도 쓰고, 가끔 횡포를 부릴 수도 있고, 하고 싶은 것을 거의 다 할 수 있다. 죽고 사는 일만 빼놓으면 세상에서 거의 모든 일들이 돈으로 해결될 수 있다고 한다.

그런데 이 두 가지가 우리 삶에서 어떤 영향을 줄 수 있는지 생각해봐야 한다.

첫째, 재(財)로 인한 파(破)이다.

큰 돈을 벌고 난 후에 죽었다는 사람이 있기도 하며, 어렵게 살다가 조금 생활이 나아지니 병이 생겼다는 사람도 있고, 큰 돈을 보상받은 후 이혼하고, 사기당하고 자살했다는 사람들에 대한 사례가 적지 않다. 세계적으로 복권에 당첨된 이후, 잘 산다는 사람이 거의 없는 이유는 무엇일까? 그 원인은 자기관리를 제대로 하지 못한 잘못에서 비롯된 것으로 생각하는 이들이 많다. 그러나 동양철학적인 사고로는 큰돈을 가져서는 안 될 사람이 큰돈을 소지한 이유 때문으로 해석한다. 실제로 먹고사는 돈은, 세상에 유통되고 있는 돈에 비하여 아주 적은 돈이다. 그런데도 나를 비롯하여 세상 사람들은 돈에 일생을 걸고 사는 것 같다. 그러나 자기 자신이 큰돈을 가질 자격이 있는지부터 검토해봐야 한다. 그렇지 않으면 자신에게도 재(財)로 인한 파(破)가 온다는 것을 명심하자.

둘째, 여자(남자)의 성(性)으로 인한 파(破)이다.

흔히들 보기 좋은 떡이 먹기도 좋다고 말한다. 쭉쭉 빵빵 섹시한 여자와 건장한 남자, 탤런트처럼 미모를 갖춘 여자와 남자들이 세상에는 많기도 하다. 그래서 집에 있는 처자를 놓아두고, 주변을 두리

번거리는 남자와 그런 부류의 여자들이 있는가 하면, 모든 것을 팽개치고 성에 탐닉하는 사람들도 있다.

물론 성(性)은 인간의 본능이기 때문에 이런 행위들을 합리화시켜 말할 수도 있다. 우스개 소리지만 부처님도 배꼽 아랫부분에 대하여는 묻지 말라고 했다지 않은가. 그러나 하고 싶은 것이라고 해서 다 하고 살 수는 없는 것이 현실이다.

도(度)에 지나친 행위는 가정의 파괴를 자초할 뿐만 아니라, 세상 사람들로부터 인륜이 땅에 떨어졌다는 등, 인면수심이니, 도덕이 어쩌고, 개만도 못한…… 등, 유난히 남녀의 잘못된 만남에 대해 가혹한 질타를 하여 많은 고초를 겪게 될 뿐이다.

남녀 간의 잘못된 만남으로 인하여 패가망신하는 사람이 어찌 한둘이겠는가? 특히 동물 세계의 수컷은 공격적이고, 능동적이라 잘못을 저지르는 비율이 암컷보다 훨씬 높다.

남자, 여자로 인하여 생기는 파(破)가 여(남) 파이니 정신 차려야 한다. 고서(古書)에 의하면, 이 파는 망신 정도가 아니고, 생명이 왔다, 갔다 하는 파(破)인 것이다.

자신이 상대를 육체적으로, 경제적으로, 정신적으로, 종교적으로 감당할 자신이 없으면 건드리지 마라! 네 명(命)이 위태롭다.

겉보기 좋다고 속도 좋은 것은 아니다.

네가 생각하기에 먹음직한 과일이 에덴동산의 선악과인지 두렵구나!

어디에 투자해야 하나?

067

모든 것은 여기서부터 시작한다!(가정과 부모형제)

'손익계산서(損益計算書)'가 기업의 회계에서만 필요한 것은 아니다. 살아가면서 어느 시점에는 자신에 대한 '손익계산서'가 필요하다.

장사도 손실보다는 이익이 남아야 기분이 좋아지는데, 하물며 삶 속에서 조금이라도 남는 장사가 될 때 삶이 살아가는 의미를 가질 수 있는 것은 아닐까?

많은 돈을 남겨놓고 떠나는 사람을 보고 있으면, 생전에 다 쓰지도 못할 돈을 벌려고, 목숨 걸고 뛰어다니는 것은 분명 잘못된 것이라는 생각이 든다. 마치 벌어놓고 죽어야 한다는 강박관념을 가지고 사는 것 같다. 물론 벌어놓고 죽으려고 부를 축적하는 것은 아니다.

여기서 우리는 한 번 생각해볼 필요가 있다. 죽을 때 남겨놓을 돈을 어디다 투자 좀 해놓고, 남이라도 잘 먹고 살 수 있도록 해놓으면 좋지 않을까?

내가 번 돈을 내 마음대로 쓰고 나면, 돈을 번 이유도 분명해지고, 보람도 있을 것 같다. 자식에게 많은 돈을 상속해주면, 자식이 살아가면서 부모에 대해 고맙고 애틋하게 생각할 것 같지만, 그것은 자신만의 생각일 뿐이다. 자식에게 많은 돈을 상속해주면, 한 달에 얼마씩 적은 돈을 벌자고 일을 하지 않을 것이다. 상속으로 받은 돈을 어떻게 해서라도 더 큰 돈으로 불려야 효도하는 것이라고 생각한다.

큰 돈이 있다는 사실을 주위에서 알게 되면, 사기꾼들이 수단을 가리지 않고 들끓게 되어있다. 사기를 한두 번 당하다 보면, 약도 오르고, '나도 당했는데, 나라고 못할 이유가 없다.'는 생각이 들어 다른 이들에게 사기 칠 생각을 하게 되기도 한다. 그러다 보면 교도소에 가서 별도 한두 개 달고, 그러다 보면 처(妻)도 도망하고, 자식들도 엉망진창이 되어있을 것이다. 세월이 흘러 나이가 들면, 몸은 여기저기 쑤시고, 떨어지는 해를 막을 길이 없게 되는 것이다.

이러한데도 많은 돈을 남겨서 자식들한테 줄 것인가?

많은 돈을 남겼을 때, 그 상속받은 재산 때문에 자식들의 인생이 망가지는 경우를 많이 보았다. 토지를 남겨주었더니 멀쩡한 직장에 사표를 내고, 땅을 지킨다고 하면서 삶의 형태를 바꾸는 사람도 보았다.

재산 상속이 자식한테는 올가미와 같다. 돈을 주는 상속은 독약이다. 어차피 투자는 많이 남아야 한다. 그러기 위해서는 독약인 돈을 남겨 주려고 하지 말고, 지혜롭게 살 수 있는 방법을 알려주는 것이 훨씬 현명한 방법이다. 그것이 교육이다.

현대사회는 맞춤형 인간을 요구하고 있다.

인간을 기계로 깎아서, 세상이 요구하는 사람으로 만들 수 있다면 얼마나 좋을까 하는 고민을 한 적이 있었다.

엄청난 지식이 요구되는 현실에서 끊임없는 교육은 필수적이다.

머릿속의 지식은 도둑맞을 수도 없고, 남이 달라고 한들 인심 써서 내어줄 수도 없는 것이다. 살아있는 한, 가장 완벽한 금고인 것이다.

자식들 교육이 다 끝나는 날, 방 빼고 하숙비를 받아야겠다!

투자한 돈을 이자까지 포함해서 빨리 회수해야겠다.

나도 늙어서 먹고 살아야지…….

나와 자식과의 관계 설정

068

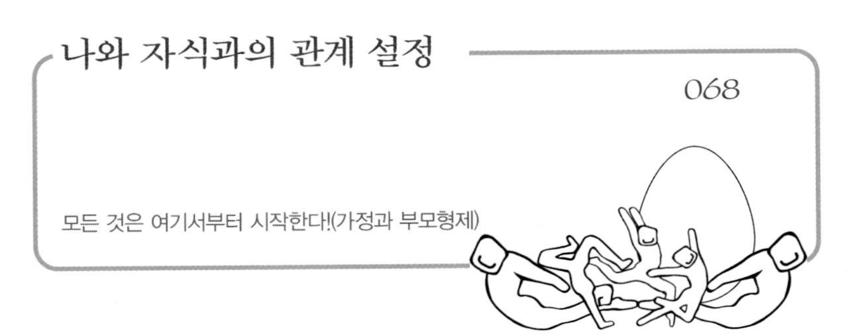

모든 것은 여기서부터 시작한다!(가정과 부모형제)

'눈에 넣어도 아프지 않을 것 같다'는 옛말과 같이 애지중지하던 자식이다. 그런데 세월이 흐르니 이제는 원수다, 뭐다 하면서 싸우기 일쑤이니 도대체 어떻게 된 일인가? 떼려고 해봐야 뗄 수 없는 부모, 자식 간에 무엇이 잘못되어 사회적 문제가 이다지도 복잡한가?

용돈을 주지 않는다고 늙으신 부모를 구타하는 자식이 있는가 하면, 힘들여 키워놓으니 제 스스로 큰 줄 알고 안하무인인 자식에게, '내가 너를 어떻게 키웠는데, 부모 대접이 겨우 이것이냐?' 하며 서운해 하고, 야속해 하는 부모도 있다.

이러한 현상들은 집집마다 많이 발생하지만, 거의 다 말은 못하고 속앓이를 하면서 살아간다.

옛 분들은 자식에 대해, '품 안의 자식'이라고 했다. 자식은 품 안에 있을 때가 내 자식이라는 뜻인데, 요즈음은 아이들이 조숙하여 13세만 넘으면, 자기들만의 세계를 만들어 부모로부터 떨어져 있고 싶어 한다.

대학에 들어간 이후, 심하게 표현하면, 금전적인 필요성만 없다면 굳이 부모와 대화를 나눌 필요도 없다고 생각하는 것이 요즘 젊은 세대들인 것 같다. 대학을 졸업한 후 직장에 다니면, 더 이상 부모 간섭을 받지도 않을 것이며, 부모도 적극적으로 개입할 수 없게 된다. 그 후 결혼이라도 하면, 처자를 부양하기 위해 저 살기도 만만치 않아 부모 쳐다볼 겨를이 점점 없어지게 된다.

10여 년 전, 종교단체에서 대학생 천 명에게, '부모가 몇 살까지 사시는 게 가장 바람직하겠는가?'라는 설문조사를 한 적이 있다고 한다. 대답이 놀라웠다. 그들이 답한 부모의 평균 나이가 65세였다고 한다. 그 나이 분들 입장에서 보면, 아직 마음이 청춘인 나이인데, 젊은 사람들은 65세 정도가 되면 이미 저세상으로 가도 무방한 나이 정도로 생각한다는 뜻 아니겠는가? 처음에는 놀라웠으나, 다시 생각하면 충분히 이해가 가는 부분이었다.

부모들 대부분이 55~58세 정도가 되면 정년퇴직을 하고, 한 5년 정도는 퇴직금을 쓰면서 제법 정상적인 생활을 하는 듯하다. 나이가 들어가며, 육신은 점점 무너지기 시작하여 병원 출입도 잦아질 것이다. 따라서 경제적인 것도 바닥나기 시작한다. 또한 정신력도 약해지는 시기가 되므로, 이때부터는 원하든, 원치 않든 물질적, 정신적으로 자식들 신세를 지게 된다.

허나, 눈을 서양 쪽으로 조금만 돌려보자.

저들은 일찍부터 산업사회를 거쳐 지낸 역사가 있다. 이제 불과 50년도 안된 우리 산업사회가 가져온 시대적 전환점에서 그들의 사고를 분석해볼 이유가 분명히 있는 것이다. 그들은 관습적으로 18세가 되면 일단 집을 떠난다는 것이 부모와 자식, 서로에게 묵인된 사실이다. 그 이후부터는 철저하리만큼 너 벌어서 너 살고, 나 벌어서 나 사는 개념이다.

우리가 서양인들과 같은 개념으로 살기는 시기적으로 빠른 감이 없지 않으나, 우리도 피할 수 없는 산업사회라면 머지않아 어쩔 수 없이 변할 수밖에 없다. 농경사회에서는 부모로부터 농사지을 땅을 유산으로 받고, 그 대가로 돌아가실 때까지 봉양하고, 돌아가시면 3년 상을 치르며 살아왔다. 그러나 산업사회에서는 농사지을 땅을 유산으로 줄 일도 없을 뿐만 아니라, 땅 대신에 교육만 시키면 된다. 우리는 이미 변하고 있는 산업사회에서 살고 있으며, 부모님께서 편찮으시다고 휴학하는 학생을 보기도 힘들고, 부모님을 위해서 희생할 자식들은 점점 사라져간다. 자식들의 항변이 “누가 나를 낳아 달라고 했느냐?”고 하면 더 이상 할 말을 잃는다.

나는 이런 현상을 시대적, 생태적, 종교적인 면을 고려할 때, 다음과 같이 정의하고 싶다.

"하나님이 나의 육체를 통하여 또 다른 피조물인 자식을 주시고, 그들이 육체적, 정신적으로 성장할 때까지 우리에게 양육을 위탁하였으며, 이것이 우리 삶의 대가를 지불하도록 하신 것이다."

위탁 양육이 끝나면, 서로의 인격만 남게 된다. 이제 독립된 개체인 것이다.

위에서 내린 정의를 서로 인정한다면, "누가 나를 낳아 달라 했느냐?"는 항변도 없을 것이다. 힘들게 살아가는 자식들을 보면서, 다소나마 부모의 부담스러운 마음도 피할 수 있는 이유도 생길 것이다.

나이 들어 하는 행동 중 3대 바보를 소개한다.
첫째, 손자 봐주느라 자기 일 못하는 사람
둘째, 자식에게 재산 넘겨주고 용돈 받아쓰는 사람
셋째, 아이들 놀러 올 것 생각해서 방 늘리는 사람

나이 들어도 바보는 되지 마시길!

자식을 믿으면 도둑놈 만든다

069

모든 것은 여기서부터 시작한다!(가정과 부모형제)

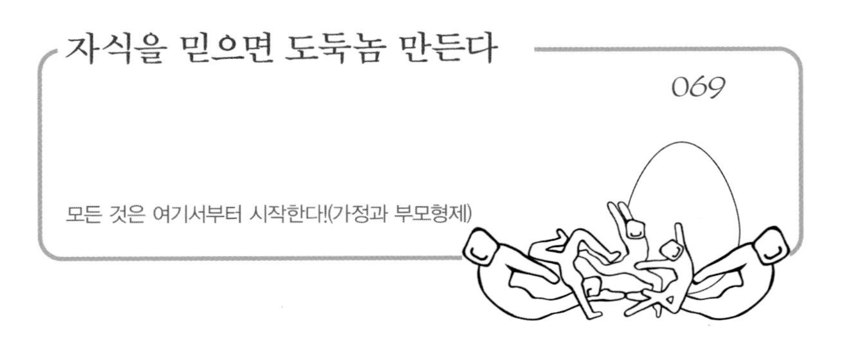

자기가 하고 다닌 것을 옆에서 쳐다볼 수 있다면, 한편 재미있고, 한편 놀라울 거라고 생각한다.

아침에 일어나서 하는 표정부터, 화장실에 쭈그리고 앉아서 생각하는 내용, 야밤에 술집 골목을 돌아다니는 모습…… 등등, 순간순간 이 생각, 저 생각으로 뇌의 대형 컴퓨터가 작동할 것이다.

인간들의 움직이는 모습을 보면, 이성과 감성이 혼재되어서 살아가는 모습을 볼 수 있다. 과연 얼마나 많은 사람들이 의연하고 바른 양심을 가지고 살아갈까?

인간은 성선설(性善說)과 성악설(性惡說)이 혼재된 세상에서 살아가는데, 방임 상태로 그냥 두면, 자연스럽게 성악설 쪽으로 기운다. 자식들이 어느 정도 성장하기 전까지는 계속되는 교육과 견제 속에서

양육해야 탈선을 막을 수가 있다.

'피(被)' 자가 붙어 있으면 괴로운 것이다. 피교육자, 피동적 등. 교육을 하는 부모가 능동적인 자세에서 말을 하면, 피교육자인 자식은 피동적으로 머리를 조아리고 듣는다. 그러나 부모의 말에 온전히 귀 기울이면서 듣고 있는 자식이 몇이나 되겠는가? 조금 심하게 말하면 한 귀로 듣고, 한 귀로 흘려버리는 경우가 다반사이다. 사실 앞에 있는 자식이 무슨 생각을 하는지, 부모로서는 알 수가 없다. 부모 말씀을 인정하는지, 속으로 부모를 욕하고 있는지, 자기 생각만 하면서 앉아 있다가 나가는지……, 자식은 부모의 뜻과는 정반대로 느끼고 생각할 수도 있다.

자식을 이기는 부모는 없다. 내 자식은 사랑스럽고, 기대하는 바가 커서, 그런 기대를 저버리고 싶지도 않다. 그러니 속고 또 속아도, 한계를 느낄 때까지는 참고 용서할 수밖에 없다. 자식은 부모가 잘 속고 있다고 생각한다. 한 번만 머리를 굴리면, 세상 사람들도 자기 부모처럼 잘 속을 줄로 착각할 수 있다. 사기꾼이 되는 것은 그리 어려운 것이 아니다. 바늘 도둑이 소 도둑 되는 것이다. 자식은 절대로 믿으면 안 된다.

자식을 공부하라고 방에 밀어 넣고, 부모는 거실에 앉아서 TV를 본다. 그러고도 그 자식이 공부를 하고 있으리라고 믿는 것부터가 자식을 도둑놈 만드는 시작인 것이다.

시켰으면 끝까지 확인하여, 세상을 속이고 살 수 없다는 것을 알려줘야 한다.

형제들은 멀리 떨어져 사는 것이 좋다

070

모든 것은 여기서부터 시작한다!(가정과 부모형제)

4, 50년 전만 해도, 한 가정에 자식이 대 여섯 명 정도는 보통이고, 형제가 많은 경우 열 명을 넘어서는 가정도 간혹 볼 수 있었다. 당시 우리는 이렇게 많은 형제, 자매가 있는 집안을 다복한 가정이라 했다. 또한 부모들은 형제, 자매끼리 서로 도우며 살고, 우애가 돈독하도록 가르치고, 그렇게 살기를 바랐다.

어렸을 때, 한 부모 밑에서 한 핏줄로 태어나, 한솥밥 먹으며, 같이 울고, 웃고, 싸우기도 하면서 자라났으니, 가장 가까운 관계이다. 이런 형제들도 성인이 되어 각자 결혼하게 되면 자신의 가족을 먹고 살릴 길을 찾느라고, 어렸을 때만큼 가깝게 살기가 쉽지 않다. 살다 보면, 잘 사는 형제와 못 사는 형제도 생겨날 것이고, 또한 각자의 성격과 개성에 따라 생활 속에서도 차이가 날 수밖에 없는 것이다. 가까운 곳에 살다 보면, 부러움의 대상이 될 수도 있고, 질투의 대상이 될 수도 있다.

겉으로 표현은 못하지만 여러 가지 불편한 감정이 생기는 것도 당연한 것이다. 웬만큼 성숙되지 않고는, 또는 어렸을 때부터 서로가 서로를 백안시(白眼視) 하고 산 형제가 아니고는, 복잡하고도 미묘한 상황을 극복하기 쉽지 않은 경우도 종종 생기게 된다. 이런 복잡, 미묘한 감정이 긴 세월을 살면서 몇 번 상처를 당하고 나면, 차라리 형제가 없는 것이 나을 뻔했다는 생각을 하기도 한다.

중국 고서에서 말하기를, '형제가 많은 것은 다복함이 증대되는 것이 아니고, 다툼이 많아진다는 것을 뜻한다.'고 했다.

다복함을 지키기는 극히 어렵지만, 다툼이 생기는 것은 아주 쉬울 듯하다. 좁은 땅의 지형적인 영향 때문인지는 모르지만, 우리나라 사람들은 유난히 형제간 다툼이 많다. 겉으로 잘 나타나지 않지만 속 사정은 매우 복잡하다. 물질적으로 풍요로운 세대에서, 굳이 부모와 자식이 한 집에 살면서 불편함을 가질 필요가 없듯이, 좁은 마을, 작은 중소도시에서 자주 만나면서 다툼을 일으키며 살 이유는 없다. 농경사회가 만들어낸 부모, 형제, 처자의 우선순위가 처자, 부모, 형제의 순위로 바뀌어야 한다고 생각한다.

서양 사람들은 형제들한테 그렇게 큰 기대 없이, 독립적으로 잘 산다. 그러나 그들도 형제들끼리 모처럼 만나면 무척 반가워하고 행복해한다. 처가, 동서, 사촌, 친형제 간의 정신건강을 지키기 위하려 서로가 가능한 한 멀리 떨어져 지켜보면서 살자.

형제들한테 도움 받을 기대는 하지 말고, 어려운 형제가 있으면 평생 한두 번 도와주자. 이런 생각을 가지고 살면, 어렸을 때 부모님께서 말씀하신 대로 우애를 가지고 사는 형제가 될 것이다.

부모님께 잘하는 것이 나를 위한 것이다

071

모든 것은 여기서부터 시작한다!(가정과 부모형제)

어렸을 때를 생각하면, 부모님은 나의 구세주요, 나의 생사화복(生死禍福)을 주관하시는 분이었다. 결혼하여 가정을 꾸리고, 자식을 낳아 가장(家長)이 되고 나니, 내 하는 일에 대하여 부모님께서도 더 이상은 간섭이나 상관을 하지 않으셨다. 시간이 흘러 아버지께서 돌아가시고 약 30년 동안 어머니를 모시고 살았다. 어머니와 같이 사는 동안 꾸중도 듣고, 사소한 다툼을 하기도 하면서 함께 그 세월을 지나왔다.

장남으로서 단 한 번도 어머니 부양 문제에 대해서 다른 생각을 해본 적이 없었다. 그런데 최근 들어 언쟁이 한 번 있은 후, 한 공간에 같이 산다는 것에 부담을 느낀 적이 있었다.

주변의 지인들을 둘러보니, 부모님을 모시고 사는 사람은, 가까운 후배, 단 한 사람뿐이었다. 시집가지 않은 여동생이 부모님 돌아가실 때까지 모신 사람도 있고, 사위집에 얹혀사는 분도 계셨다. 90세가 넘은 노모가 자식들에게 짐이 되기 싫어하여 시골집에 홀로 사시는 경우도 많았다. 어찌 됐든 여러 가지 이유로 큰아들이 모시는 경우는 내가 아는 범주 내에서는 아무도 없었다. 노모를 모시는 후배도 막내아들이었다.

기독교의 십계명 중에, 사람이 살아가면서 첫 번째 해야 할 일은, '네 부모를 공경하라' 했고, 불경 등 여러 경전에서도, '부모님을 잘 모시면 복을 받는다.'고 했다.

서양 사상은 나의 생사화복을 주관하시는 것이 하늘에 계신 아버지라고 생각하고, 동양 사상은 그 존재가 나를 낳아주신 부모님이라고 생각한다. 광의적으로 생각하면 하늘에 계신 우리 아버지가 맞지만, 협의적으로 생각하면 나의 부모가 맞다.

이 협의적인 개념은 풍수지리서인 금장경의 기본 개념이다. 살아계실 때는 제대로 모시지 않고 살다가, 부모님께서 돌아가시면 그 자식들이 풍수지리의 음택론을 알아가지고, 조상 덕을 보겠다고 명당자리를 찾고 다니는 경우를 본다.

무속인들을 만나보면 복 중에서 최고의 복이 조상 복이라고 한다. 조상 복은 그냥 생기는 것이 아니다. 살아계실 때, 잘 모시면 부모 돌아가신 후, 이에 대한 답변이 있을 것이다. 임종 때 육체와 영혼이 분리된다는 것은 알고 있는 바, 죽은 영혼은 산 사람의 행동을 다 볼 수 있다고 한다.

세상은 인과응보(因果應報)가 있고, 질서가 있다. 생활 형편이 좋지 않아서, 또는 고부 간의 갈등 등을 이유로 노부모님께 등을 돌리면, 그 대가는 자신이 받는다. 어려운 생활이지만, 부모님을 모시면 하늘에서도 도와줄 것이다. 인간이 아무리 노력해도 조상의 음덕(陰德)이 있어야 하지, 조상이 고개를 돌리면 될 일도 안 된다고 한다. 즉, 하늘이 말리면 하고자 하는 일이 노력해도 안 된다는 것이다.

조상 복은 받고 싶고, 부모님은 부담스럽고 귀찮게 생각하면 그 사람이야말로 진짜 도둑이다. 부모님께 등한시하다가 부모님 계시는 토지가 보상받을 수 있다는 정보를 주워듣고, 시골 부모님을 찾아다니는 자들은, 세상의 사기꾼을 욕하지 말고 자신을 돌아보아야 한다.

부모님께 잘하는 것이 부모를 위하는 것이 아니고, 곧 나를 위한 것이기 때문이다.

이미 섭섭함이 풀어졌지만, 새삼 어머니께 죄송한 마음이다.

"어머니, 건강하게 오래 사셔야 합니다!"

괜히 코가 찡하다.

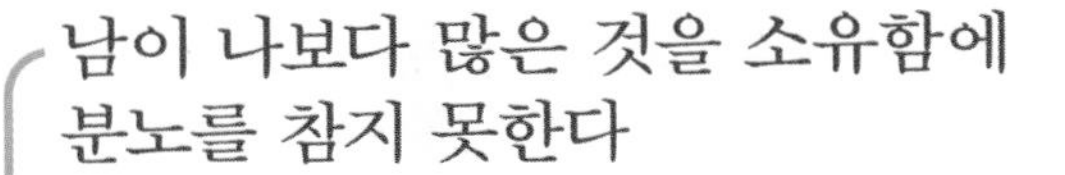

남이 나보다 많은 것을 소유함에 분노를 참지 못한다

072

모든 것은 여기서부터 시작한다!(가정과 부모형제)

똑똑한 여자가 예쁜 여자를 이기지 못하고, 예쁜 여자가 신랑 잘 만난 여자를 이기지 못하며, 아무리 신랑을 잘 만난 여자도 자식 잘난 여자를 이기지 못한다는 우스갯소리가 있다.

과연 잘난 자식이란 무엇을 기준으로 말하는가?

어렸을 때는 재롱 잘 부리고, 예쁜 짓 하고, 학교 다니면서 말썽 피우지 않고, 시험 볼 때마다 1등 하고, 학교 졸업한 후에는 남이 부러워하는 좋은 직장에 다니고…… 이렇게 하면 과연 잘난 자식을 둔 것인가?

학창시절에는 공부를 못해 유급을 당하여 부모님을 한숨짓게 한 때도 있었고, 그 후론 전교에서 1, 2등을 하여 부모님을 기쁘게 해

드릴 때도 있었다. 어느덧 내가 어른이 되어 자식을 키우고 성장시켜 보니, 그 모든 것이 딱 품 안에 있을 때의 행복이라는 생각과 그저 자식들이 무탈하게 잘 살아주는 것만으로도 고마운 것이 부모 마음이라는 것을 알게 되었다.

우리 곁에는 수많은 장애아들이 있고, 그들 곁에는 부모라는 이름으로 아파하는 사람들이 있다. 그들에게 자신의 재력과 명예가 무슨 의미가 있겠는가? 자식의 아픔이 오롯이 자신 목에 걸린 멍에의 무게라 여기고 죄인처럼 살아가는 이들 앞에서는 내 자식의 무탈함을 바라는 맘조차도 미안해지곤 한다. 이렇듯 부모는 자식의 무탈함을 바라는 겸허함으로 살아가지만, 정작 자식들은 어떠한가?

어느 날, 재산이 꽤 많은 친구 한 사람이 마음의 상처를 심하게 입고, 몹시 슬픈 표정으로 술집에서 나를 불렀다.

사연이 무엇인지를 알아야 위로도 할 수 있을 것 같아, 아주 조심스럽게 대화를 이어갔다. 내용인즉, 그 친구에게 외아들이 있는데 그 아들이 지금, 30대 중반을 넘기도록 조직생활을 견디지 못하여 3개월 이상 정상적인 일을 해본 경험이 없다고 한다.

그날 낮에 부모에게 와서 한다는 말이, '부모님께서 돌아가시면 그 재산이 어차피 자연스럽게 유산상속이 될 터이니, 더 늦기 전에 하나씩 명의 변경을 해주십사.' 하더란다. '내가 아직도 눈이 시퍼렇게 살아있고, 나 나름대로 사회생활을 열심히 하고 있는데 아들 하나 있는 놈이 일할 생각은 하지 않고, 부모 재산을 미리 넘보고 있다.'

하면서 아주 흥분된 상태였다.

내가 이 친구에게 조언하기를, '죽기 전까지는 절대 어떤 재산도 넘겨주면 안 된다.' 하였다. 상속세를 피하고자 자식한테 재산을 미리 다 넘겨주고, 훗날 거꾸로 자식에게 사정해가면서 용돈을 타 쓰는 노부모가 어디 한둘인가? 어차피 자식 입장에서는 천만 원이 되었든, 백억이 되었든, 부모 잘 만나서 공짜로 넘겨받는 것인데 세금이 무섭다고 또는 자식이 안타깝다고 명의를 돌려줄 수 있겠는가? 공짜는 분명히 대가를 치르고 가져가는 것이 합당한 것이다.

많이 물려준다 하여 자식이 그보다 훨씬 잘 살게 되는 것도 아니고, 상속을 조금 해준다 하여 그 자식이 못 사는 것도 절대 아니다. 많은 재산을 넘겨줘도, 사기 한 번에 거덜 나는 경우를 수없이 보았고, 부모에게 아무런 혜택을 받지 못하고도 크게 부자 되는 사람들도 얼마든지 볼 수 있다.

특히 우리 때는 부모님께 상속받는다는 생각을 해 본 사람이 거의 없을 정도로 가난하게 살았던 세대들이다. 그런데 요즘은 부모 재산을 두고, 형이 동생을 죽이고, 사촌끼리 서로를 죽이는 천인공노할 일들이 얼마나 비일비재한가 말이다.

얼마가 되었든 부모님께서 일구신 것을 물려받을 수 있음에 감사의 마음을 가져야 하는데도 불구하고, 이런 험한 살인사건들이 발생하고, 또는 의절하고 사는 형제들이 너무 많은 것이다. 더욱이 정말 화가 나는 것은 상속을 어마어마하게 받았음에도 불구하고 형이나,

동생이 자신보다 많이 받은 것에 대한 분노를 참지 못하는 것이다.

어렸을 때 재롱 떨고, 시험 보면 백 점 맞고, 부모 말씀 잘 듣던 아이들이 마지막에 이런 행태를 벌인다면, 그런 자식을 두고 정말 잘난 자식을 둔 것이 맞는가 싶다.

현행법상 부모의 재산상속을 포기하는 기한이 부모의 사망을 인지한 후 3개월로 알고 있다. 왜 부모의 상속 재산을 포기하는 기간을 3개월로 했겠는가? 행여 부모님이 미처 해결하지 못한 빚이 있고, 그것을 갚을 능력이 부족하다면 그 상속 재산을 포기할 수 있도록 생각할 수 있는 시간을 준 것으로 생각한다. 부모의 빚을 서로 갚겠다고 다툴 일은 없겠지만, 상속 재산을 놓고 형제끼리 앉아서, 형편이 어렵거나 능력이 부족한 형제한테 서로 더 많이 주려고 양보할 줄 아는 자식을 둔 부모가 정말로 잘난 자식을 둔 것이다.

사장이면 무엇하고, 국회의원이면 무엇하겠느냐?

그것을 죽기 전에는 볼 수 없는 아쉬움만 남아있는 것이다.

종교宗教

겁(劫)을 준비하라!

Religion

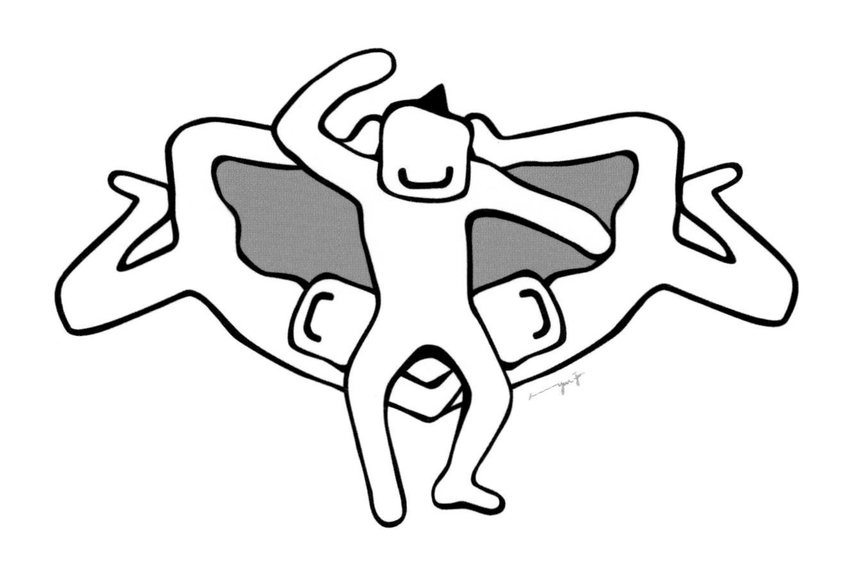

피조물답게 살아라!

073

겁(劫)을 준비하라!(종교)

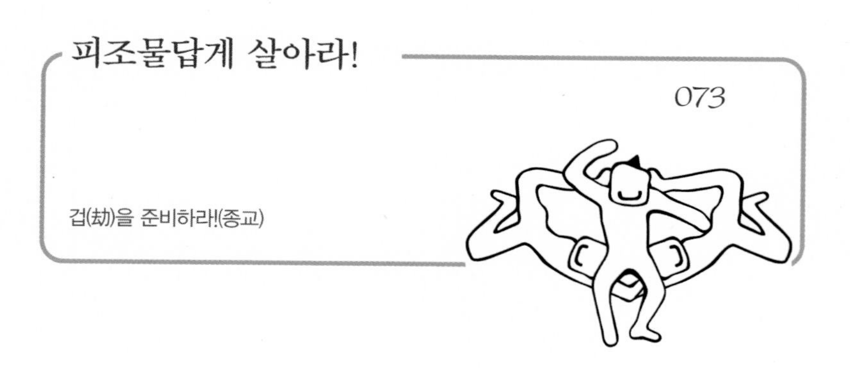

서울역 광장이나, 고속버스터미널에서 가끔 하나님, 예수님을 믿으라고 소리치고 다니는 사람들을 볼 수 있다. 두세 명씩 짝지어 가가호호(家家戶戶) 방문하고 다니면서 하나님을 전도하는 사람도 자주 만나게 된다. 이들의 첫 마디는, "이 세상의 종말이 가까이 왔으니, 당신의 영혼이 구원을 받으려면 하나님을 믿으라."이다.

음양오행설(陰陽五行說)에 의하면 어떤 경우도 양(陽)은 음(陰)을 이길 수 없다고 했다. 처음에는 양(陽)이 우선시 되는 것 같아도 마지막에는 음(陰)을 이길 수 없으며, 이 양(陽)과 음(陰)이 판세가 바뀔 때 세상이 끝이 난다고 했다.

이것은 기독교 신자들이 말하는 종말론(終末論)과 같은 맥락에서 고려해볼 가치가 있다고 생각한다.

선배 한 분이 퇴직 후에 주위 사람들의 권고로 교회에 가서 예배를 몇 차례 드렸다고 한다. 헌데, 교회 안에서 기성 신도들만 쓰는 용어들을 이해할 수 없더라는 말을 들은 적이 있다. 유, 무신론(有, 無神論)에 대한 생각이 확실하지 않은 사람에게는 방언, 은혜, 구원, 성령, 소망 등의 단어들이 가지고 있는 뜻을 제대로 이해하는 것에 한계가 있을 것이다.

예수 믿는 사람들이 본인 생각만 다짜고짜 전하고자 하는 것은 방법에 문제가 있다고 생각한다. 성경, 불경 등 경전을 펴기 전에 조물주가 존재하심을 설명하고 공감하는 것이 우선이다. 새벽 산책을 하면서 풀잎에 맺힌 이슬을 보고, 일 분, 일 초도 틀리지 않고 공전과 자전을 하고 있는 태양계를 보고, 하늘에 나는 새 한 마리를 보고도 어찌 신의 존재를 부인할 수 있단 말인가?

물리학자들 중 상당수가 학문을 탐구할수록 신의 존재를 믿지 않을 수 없다고 한다. 과학이 아무리 발달한다 하더라도 나뭇잎 하나조차도 똑같이 만들 수가 없다. 삼라만상의 모든 것들을 깊이 들여다볼수록, 정교하고 오묘한 것은 신이 아니면 만들 수 없다고 느껴진다는 것이다.

나의 짧은 인생을 놓고 보더라도 여러 부분에서 신의 존재를 몸으로 느낄 수 있었다. 옛 어른들 말씀에도 신에 대한 얘기를 많이 접할 수 있다. 몸신, 귀신, 잡신 등 우리가 실제로 겪어보지 못한 영혼의 세계에 대해서 논하는 이야기들이 많다. 여러 가지 정황을 볼 때 이 세상을 창조하신 조물주가 있다는 것은 분명하다.

사람은 신에 의하여 만들어진 피조물 중의 하나이다. 그러면 창조주가 우리를 만들었을 때, 만든 이유와 목적이 있을 것이다. 피조물은 조물주가 원하는 대로, 목적한 대로, 쓰임 받는 것이 당연하며 이것은 피할 방법이 없는 의무이다.

100% 나를 중심으로 놓고 생각해볼 때, 어찌 보면 참 불쌍하고 비참한 피조물의 한 개체이다. 조물주 앞에서 나의 정체성을 논하고자 달려들거나, 그의 목적에 상반되는 뜻을 가지면 조물주는 나를 폐기처분 할 것이다. 신(神)은 너무 이기주의적이고, 스스로 중심적인 개념일 수밖에 없다. 인간은 어쩔 수 없이 역학적인 힘의 논리에 따라 신한테 순응할 수밖에 없다.

근원적으로 피조물인 인간의 정체성을 인간 중심에서 찾으면 안 된다. 찾을수록 비참해지니 빨리 엎드려 신 앞에서 자아를 포기해야 한다. 그의 품속에 있는 것이, 육신과 영혼이 행복하게 지내는 길이다. 오랫동안 어떻게 살 것인가를 생각한 결과, 다음과 같은 결론에 이르렀다.

〈피조물의 삶에 대한 목적과 자세〉

1. 하나님 앞에서

나의 존재 의미를 부여하지 말고

나의 정체성을 찾지 말고,

나의 자아를 찾지 말고

2. 하늘의 영광을 위하여 일하고, 행복하게 살다 죽는 것이다.
3. 이렇게 살려면, 사는 날까지

첫 번째, 건강해야 하고,

두 번째, 열심히 돈을 벌어 모두를 위하여 사용하며 하늘의 뜻을 전달하는 것이다.

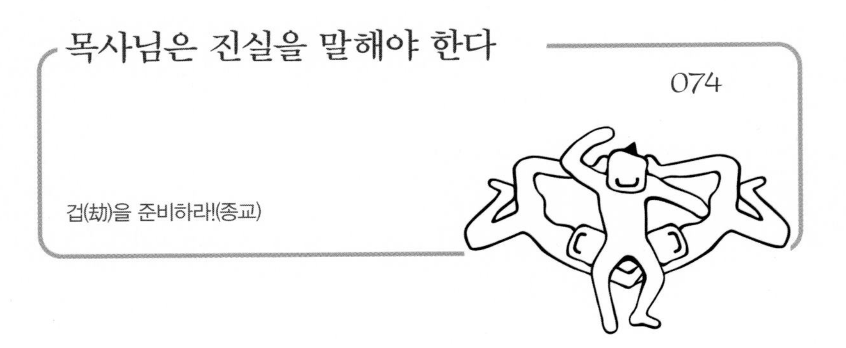

목사님은 진실을 말해야 한다

074

겁(劫)을 준비하라!(종교)

많은 신학자들이 성경을 가지고 한 구절, 한 구절을 선택하여 책도 발간하고 논문도 쓴다. 나는 아직 초 신자로서 작금(昨今, recent)의 교단과 일부 목사님들을 보면 이해할 수 없는 부분이 너무 많다. 성경 한 줄을 가지고 여러 종류의 논문도 나올 수 있겠지만, 그건 하나의 자기주장에 불과한 것이라 생각한다. 구교(舊敎), 신교(新敎)로 나누어진 후, 각각 주의(主義), 주장이 다른 교파가 수십 개 있는 것이 오늘의 현실이다.

교파마다 각각 주장하는 것에 틀린 것이 있다면, 맞는 교리를 주장하는 교파 외의 다른 교파들의 신도들은 헛것을 믿고 있는 것과 다름없다. 또 달리 생각하면, 교파마다 주장하는 모든 원리가 부분적으로 진리이면, 이것들은 제각기 주장할 이유가 충분하다. 객관적인 시각으로 보면 각자의 믿음 생활이 정확한 진리를 쫓아가는 믿음이라고 장담할 수도 없을 것 같다.

성경 속에서도 앞뒤가 상치(相馳. Conflict)되는 것을 진리라고 말하는 부분도 많이 있다. 성경에는 쓰여 있지 않은 진리도 진리로 밝혀진 것도 많이 있다. 나는 성경이 진리라고 믿고 사는데, 불경이 진리라고 믿고 사는 사람도 현존하고 있다.

조물주, 즉 하나님이 나를 택하셨는지, 아닌지 그 뜻을 알 수는 없다. 허나 성경은 피조물이 살아가야 하는 원칙적인 자세에 대하여 언급하고 있다.

지구에서 가장 먼 행성이 4,000광년 떨어진 곳에 있다고 한다.

빛의 속도로 지구에서 달까지 가는 데는 1.28초 정도밖에 걸리지 않는다. 빛의 속도로 4,000년의 시간 동안 가야 한다니, 그 공간은 우리의 상상을 초월하는 어마어마한 우주이다. 그 속에서 조그마한 지구에 사는 인간 중에 3, 40%가 천주교, 기독교 신자라 한다. 그것도 수십 개 지파로 나누어서 성경을 가지고 내가 맞니, 네가 틀리니 하고 있다. 나 같은 초심자로써는 어리둥절할 뿐이다. 인간이 상상할 수 없는 우주 속에서 어떻게 신의 뜻을 정확히 알 수 있단 말이냐?

목사님들이 성경의 그 많은 말씀들 중에서 말하기 쉬운 구절만을 찾아서, 마치 그것이 전부인 양 설교하는 것은 크게 잘못되었다고 생각한다. 자신이 마치 신의 뜻을 다 알고 있는 듯이 교인들 앞에서 이야기하는 것은 무식하거나, 겸손하지 못한 언행이라고 본다. 어떤 목사님은 목사라는 특권의식 속에서 설교 도중, 욕을 하고 일부 신자들에게 면박을 주는 행위를 하는데, 이것은 신을 등에 업고 저지르는 오만 방자한 행동이다. 마치 점괘를 잘 맞추는 무속인이 점치러 오는 자를 함부로 대하는 듯한 인상과 별반 다를 것이 없다는 느낌을 갖게 된다.

일제강점기 시절, 일본 사람보다 친일파가 우리 백성을 더 괴롭혔고, 남북 전시(戰時)에는 공산주의자보다 빨갱이 앞잡이가 더 많은 양민을 죽였다고 한다. 주한 외국 대사관을 찾아가 보거나, 주한 미군부대를 들어가 보면 외국인보다 거기에서 일하는 한국 사람들이 같은 한국 사람들을 더 무시한다는 느낌을 받는다.

목사님은 초대교회의 신앙심을 가지고 길 잃은 양 떼를 돌보는 마음을 가져야 한다. 신학교에서 배운 성경과 원로 목사님에게 배운 자료만을 가지고 설교할 것이 아니다. 근원적인, 신과 인간과의 관계를 정립하여 설교하는 것이 급무인 것이다.

십일조 헌금 내면, 네 곡간에 재물이 가득 쌓아지는지를 시험해보라는 말씀만 설파할 일은 아니다. 세상에는 십일조 헌금을 내지 않은 부자가 십일조 헌금을 낸 부자보다 많다는 것도 알려줘야 한다.

사랑 없이 구원만 원하는 꼴불견들

075

겁(劫)을 준비하라!(종교)

교회나 절에 가보면 복을 받기 위해서 많은 사람들이 기도를 하는 것을 볼 수 있다. 나는 기독교 집안에서 자라 어머니가 기도하는 모습을 자주 보곤 했다. 자연스럽게 집안 전체가 기독교 집안이 되었다.

철야 기도를 하던 사람들이 가벼운 이불을 덮고 잠들어 있는 모습을 종종 보았다. 저들은 하나님께 달라고 할 것이 어찌 그리도 많은 건지 그 내용을 듣고 싶다. 감사함보다는 뭔가를 원하는 기도들이 훨씬 많을 것이라고 생각된다. 종교란 마음으로 믿고, 입으로 시인하면 영혼을 구원받는다 했는데, 마치 다음 세상의 무엇까지 가불(假拂)해서 당겨쓰는 것 같다.

거의 모든 신자들은 주변은 아랑곳하지 않고 자기의 구원만을 위하여 믿음과 소망만을 가지고 사는 것 같다. 정말로 봐주기 힘든 것은, 사회생활과 가정생활에 있어서 모든 사람의 지탄의 대상이 되는 자가 교회나 절에 많이 있다는 것이다. 믿으면 천국 간다는 것만을 가지고, 교회에 가서 남달리 큰소리로 기도하고, 성가대에 앉아서 찬송가를 부르고, 세상에서는 지탄받는 자가 근엄한 얼굴로 장로 석에 앉아있는 걸 보면 구역질이 날 것 같다.

불교는 땅으로부터, 기독교는 하늘로부터 시작하는 종교이다.

두 종교 모두 자기의 영혼을 극히 사랑하는 자들만이 믿을 수 있다. 불교에서는 자비를 으뜸으로 삼고, 기독교에서는 믿음, 소망, 사랑 중에 사랑이 으뜸이라 했다. 헌데, 사랑은 빠지고 내가 구원받아 천국에 가는 것에만 몰두하고 있다. 천국에 못 갈망정 내가 양보하고 희생하여 남을 사랑할 때, 그것이 진정한 자비요, 그것이 진정 나의 천국인 것이다.

인간들은 거꾸로 사랑보다 구원받기를 추구한다. 집구석에서는 부모, 형제, 자식 간에, 고부 간에 온갖 갈등도 해결하지도 못하고 천국 가기만을 갈구한다. 내가 하나님이면 그 인간에게는 천국 문을 열어주지 않을 것 같다.

가장 소중한 나의 영혼을 위하여 땅과 하늘 사이에서 우리 서로 사랑하자.

세상에서 큰일을 한 훌륭한 사람들은 사람을 사랑하지 않고는 도저히 그 큰일을 할 수 없다고 생각한다. 사랑하지 않는다는 것을 느끼면, 어떻게 그 사람을 지도자로 모시고 그의 뜻을 따라갈 수 있겠는가?

학벌, 재산, 능력 등이 좀 부족하다 하더라도, 서로 깊은 애정을 가지고 동참을 요구하면 그 힘이야말로 엄청날 것이다. 극락, 천당 운운하지 말고 살아있는 동안 나보다 못한 인간들에게 보답을 바라지 말고 사랑하면, 이 땅에서 남보다 큰일을 할 수도 있다. 이런 정신을 가지고 살면 천당, 극락 가는 것은 받아놓은 당상이다. 사랑한다는 것은 분명 희생이 뒤따라가는 것이다.

내가 큰 것을 갖는 것이 주님의 뜻이라

076

겁(劫)을 준비하라!(종교)

무슨 이야기들이 그리 많은지 식당마다, 찻집마다, 술집마다 사람들이 바글바글하다. 들어보나 마나 인간사의 희로애락과 손익에 관한 이야기일 것이다. 이것들은 어떤 과정을 거쳐서라도 타협, 협상, 이해를 통해서 정리 정돈된다. 타협과 협상에 능숙한 사람들은 정치인과 장사하는 사람이라고 생각된다. 이들은 힘의 논리 즉, 시장의 논리에 익숙해져 있는 사람들이다. 또한 상호 이해를 통해서 정리 정돈되는 사람들은 역지사지(易地思之)하여 배려하는 마음이 있는 사람들이다.

허나 유독 종교인들은 타협과 협상, 상호 이해가 부족하다.

자기가 믿는 신앙을 가지고 타협, 협상, 상대를 이해한다는 것은 믿음이 무너지는 것을 뜻한다. 선배 중 장로이신 한 분이 교인들과는 절대로 상거래를 하지 말라고 하셨다. 그분도 사업을 하시는데, 사업상 만난 고객 중에 믿음이 강한 사람일수록 이해관계가 더 예민하고, 자기중심적이어서 거래 때마다 정신적으로 어려움이 많다고 하셨다.

기독교는 자기중심적이고, 이기주의적인 것을 근본으로 시작하는 면도 있다는 생각을 한다. 평소에 자신의 영혼(靈魂)을 사랑하다 보니, 영혼의 구원을 받는 것이 가장 급한 것이다. 이해관계 계산이 둔한 자는 자기 영혼의 구원에 대해서 큰 애착도 가지지 못한다. 사랑보다 구원을 우선시하는 믿음이 크면 클수록, 일상사의 계산에서도 물러설 수 없는 것이다. 이러한 믿음이 중독 현상을 일으키면 남을 생각할 수 없게 된다. 남의 자식보다 내 자식, 남의 사업보다 내 사업이 잘 되어야 하고, 다른 사람보다 내 승진이 더 빨리 되어야 한다. 그러면서 그것이 주님의 은총이라 믿고, 그렇게 기도의 응답을 받았다고 한다.

나는 만세(萬世) 전부터 택함을 받았고, 하나님의 크신 은혜로 말미암아 남보다 크고 좋은 것이 내 것이 되어야 한다고 기도하고, 그렇게 얻은 것이 내 것이라고 믿으니 어찌 타협과 협상이 이루어질 수 있겠는가? 성경 말씀을 벽에 붙여놓고 진찰하시는 한의사님, 사업하시는 사장님들, 남이 알아볼 수 없는 언어로 써놓든가, 아예 액자를 없애고 일하시면 하나님의 영광(榮光)을 가로막지는 않을 것이다.

어떤 미래학자는 제3차 대전의 시작은 신앙 문제로 인한 종교전쟁이 될 거라 말했다. 사랑 없이 구원만 생각하는 이런 권사, 장로, 목사님들이 정권을 잡으면 이런 종교전쟁이 일어날 것은 충분히 예측할 수 있다.

목사님들은 천당에 갈까?

077

겁(劫)을 준비하라!(종교)

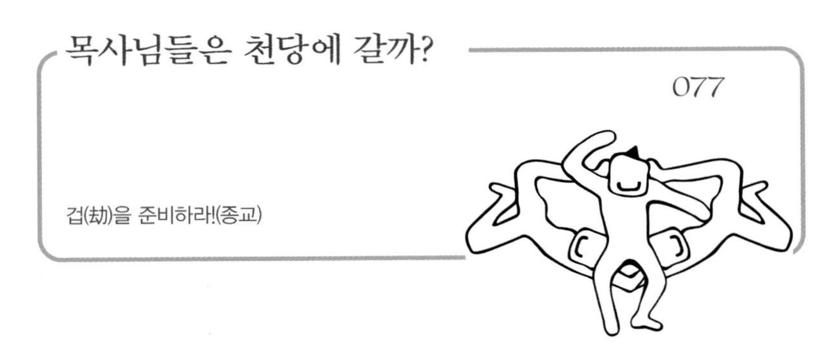

어느 토요일 오후, 80세 정도 된 한 학자와 종교 문제를 가지고 논하던 중, 그로부터 의외의 말을 들었다. 그는, 목사님 말씀을 믿는 초 신자는 천당에 가도, 초 신자에게 설교를 하는 목사님은 천당에 가기 힘들다고 하였다. 그의 말을 듣고 나는 어리둥절하였다. 목사님은 주의 종으로서 성스러운 직분을 수행하는 사람이라, 가까이하면 나의 죄성(罪性)을 들킬까 봐 두려워했던 대상이다.

잠시 죽어서 천국에 갔다 온 사람이 한 말씀이, 본인이 천국에서 이상한 것을 보고 왔노라고 했다. 천국에 꼭 갈 거라고 생각했던 사람은 보이지 않고, 천국에 가지 못할 것이라고 생각했던 사람들을 보았다는 것이다.

앞의, 한 학자가 말씀한 것과 천국에 갔다 온 사람이 한 말, 이 두 가지를 놓고 생각해 보았다. 나는 일과 후 집에 가서 기독교 방송을 무의식적으로 켜놓고 지낸다. 시청률이 높은 유명한 목사님의 설교 방송을 듣고 있을 때는, 학자가 한 말이 생각난다. 실로 목사님들은 천국에 갈 수 없는 것일까? 하나님의 눈으로 보시기에 천국에 가지 못하는 경우가 무엇일까 생각해 보았다.

애통하고 비통한 자들이 몸이 부서지도록 일해서 내는 십일조 헌금, 가난한 주부들이 자녀들의 용돈을 줄이고, 콩나물 값 아껴서 드리는 주정 헌금, 승진했다고, 담배 끊었다고, 범사에 감사해서 내는 감사헌금 등……. 이런 헌금을 가지고 목회 사례비를 받아 주택 청약예금 들고, 노후 생명보험을 든다. 옆구리에 성경책을 끼고, 주의 종이라며 고급 식당 다니면서 대접받는 목사님들, 비서를 몇 명씩 두고 명품 넥타이에 검은 승용차에 운전기사까지 두고 동으로, 서로 오라는 곳이 너무 많아서 스케줄 잡기 바쁜 목사님들, 병 고침의 은사를 받아 암이 낫고, 불치병을 치유한 신도들이 집을 팔고 퇴직금을 받아서 기도원에 헌금하면 그것으로 수만 평, 수십만 평 토지를 구입하여 왕같이 군림하는 기도원 원장들, 기억력이 좋아 성경 구절 잘 외우고, 하나님이 주신 능력으로 환자 잘 고치고, 표현력 좋고 입담 좋은 목사님들…….

일반 초 신자는 감히 상상도 못할 능력들은 하나님께서 주신 것이 분명한데, 마구간에서 태어나시고, 가진 것 하나도 없이 들판에서 설교하신 예수님과는 너무 차이가 난다. 집에 못 박을 때 쓰는 망치도 못을 다 박고 나면 연장통에 넣어 두는데, 하나님의 쓰임이 끝날 때, 하나님은 그 목사님들을 어디에다 두실지 심히 궁금하다.

하나님은 중심을 보신다고 했다.
야, 인마!
목사님들 중심 걱정하지 말고, 네 중심이 어디 있나 잘 쳐다봐!

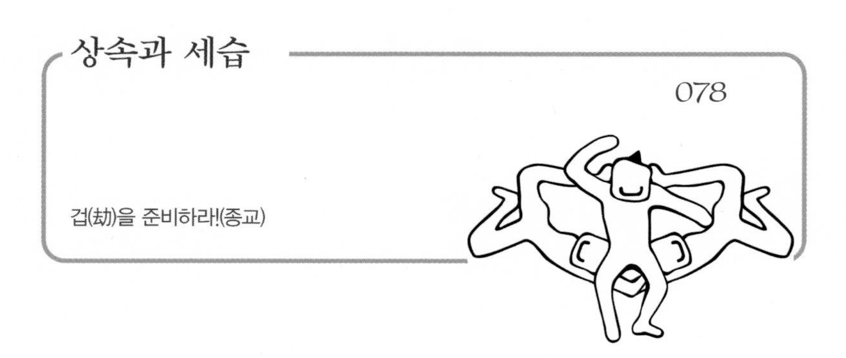

상속과 세습

078

겁(劫)을 준비하라!(종교)

요즘 젊은 사람들 사이에, '금수저, 은수저, 흙수저'라는 표현이 유행하고 있다. 수십 년 만에 찾아온 저성장 시대를 겪으면서 젊은 이들이 취업난에 시달리고 있다. 그에 따른 자괴감으로 인해 표출되는, 사회적인 현상 일면을 상징하는 단어인 것 같다.

상속이란, 자본주의 성립의 근간을 이루는 것이다. 자기가 번 돈을 자기 마음대로 쓰는 것을 자본주의와 민주주의의 기본이라 한다. 또한, 한 사람이 사망한 후, 그의 재산에 관한 상속 권리가 있는 사람이나 지정된 사람에게, 그 권리와 의무가 넘어가는 것을 말한다. 증여라 함은, 가진 자가 생전에 자신이 축적한 부의 일부를 주고 싶은 자에게 넘겨주는 것을 뜻하는 것이다. 상속과 증여의 수혜자들이 선대(先代) 혹은 타인으로부터 그들의 부를 이어받기 위해서는 몇 가지 절차가 필요하다. 그에 따른 일정 부분을 세금으로 국가에 납부한 후, 자기의 것으로써의 권리를 갖게 되는 것이다.

세습이란, 원 권리자의 생사와 관계없이, 자기 것에 대한 권리의 일부 또는 전부를 자기 친인척에게 넘겨주는 것을 말한다.

증여나 상속은 자기가 번 돈을 자기가 원하는 대로 넘겨주고, 수혜자는 일정 부분을 세금으로 납부하고 받게 되는 것이니, 도덕적으로나, 법적으로 아무 이상이 없는 것으로 여겨진다. 그런 혜택을 받지 못하는, 다른 사람들을 생각한다면 자신이 금수저 혹은 은수저를 물고 태어난 것에 대하여 정말로 고마운 줄 알고 겸손해야 한다. 또한 자신에게 재산을 물려준 증여자나 상속자 못지않게 열심히 노력하여, 또 다른 약자에게 베풀어 주는 행위를 하면 좋을 것이다.

십여 년 전, 사립학교들이 운영상의 문제가 있다고 하여, 사학법을 개정하려고 국회에 올렸다가 심한 반발에 부딪혀 멈추었던 일을 기억한다. 학교 법인을 개인적으로 세습한다 하여 정치권에서 이를 막으려 했던 것이다. 주변에서 볼 수 있는 세습의 형태는 여러 가지가 있는데, 학교법인, 종교단체, 국가 유공 후손 혜택, 장학재단 등등이 그것이다.

사립학교나 국가유공자 자손 처우의 문제, 그리고 장학재단 등은 종교단체의 세습에 비해 상당 부분은 공감대를 형성할 수 있다고 본다. 1950년 전후, 우리나라의 교육 암흑시대에 부(富)를 이루었던 선각자들이, 자기 재산을 내어서 학교를 짓고, 후학을 배출하는 데에 힘쓴 부분은 높이 평가할만한 일이다. 우리나라의 근대 교육사에서 사학재단이 큰 역할을 했던 것은 사실이기 때문이다. 학교를 세운 분들께서 돌아가시고, 그 후손들이 학교를 세습하여 운영하다 보니, 현실적으로 비대해지면서 부분적으로는 운영상의 문제가 발생하는 것도 사실이다.

비대해졌다는 말을 달리 표현하면 발전하고 성장했다는 것이다. 그러나 분명한 것은 그 처음 시작은 선조들의 희생정신이었다는 점이다. 국가유공자 자손들에 대한 처우라든가, 자기 재산의 큰 부분을 장학 재단 설립에 할당하여 세웠다면, 설사 세습하더라도 전후 상황을 살펴볼 때에 부분적으로는 이해를 할 만도 하다.

문제는 종교집단의 세습이다.

북한 체제의 김일성, 김정일, 김정은의 세습을 두고, 세계의 모든 나라들과 우리 국민들이 이를 잘못되었다고 떠들어댄다. 하물며 종교집단, 보다 직접적으로 표현하면 대형교회의 세습은 일고의 가치를 논할 필요도 없는 것이다. 신도 수가 적게는 천여 명에서 많게는 수만 명까지 이르는 교회가 목회자의 자리를 세습하고 있다는 것은 천사의 탈을 쓰고 마귀의 행위를 하는 것과 다를 바 없다. 세금 한 푼 내지 않고, 자녀 혹은 친인척에게 그 재산을 통째로 넘겨주는 행위인 것이다. 그 재산이 누구의 것이고, 어떻게 모아진 것인가? 신도들은 믿음 하나로 그 어려운 생활 속에서도 자신이 쓸 물질을 아껴서 헌금을 드린다. 그것은 헌금이라는 명목 하에 수많은 사람들이,

오랜 세월 동안 바쳐서 축적된 물적 재산인 것이다. 그리고 그 돈을 몇몇 사람이 신도 대표라는 꼼수 아래, 한 사람에게 그 재산관리권을 넘겨준 것이다. 재산관리권을 가진 자는 세금을 한 푼도 내지 않고 어마어마한 재산을 자기 마음대로 할 수 있게 된 것이다.

남의 돈을 몇 천만 원만 가져가도 교도소에 가는 것이 현실인데, 수백억, 수천억이라는 돈을 절차상 꼼수를 부려 세습을 한다면, 그것은 크게 잘못된 것이다.

수십 년 또는 평생을 종교 지도자로서 행세한 것의 마지막이 풀뿌리 헌금을 모아서 자식에게 주려고 하는 것이라면, 과연 그의 종교적 목적은 무엇이었던가? 그렇게 자손에게 돈을 물려주고 싶었다면, 종교지도자가 되지 말고 처음부터 장사를 하는 것이 나았을 것이다. 그러면 나중, 하늘에 가서도 떳떳하고 칭송을 받을 만하다. 세습의 형태 중에 최악이라 할 수 있는 것이 풀뿌리 잔돈 헌금을 모아 거금을 만들어 자식들에게 넘겨주는 행위이다. 그런 자가 연옥에 갈 자요, 지옥에 갈 자이다. 누구 허락을 받고 세습을 하느냐?

사주, 풍수, 관상, 이것도 하나님이 창조하신 질서이다

079

겁(劫)을 준비하라!(종교)

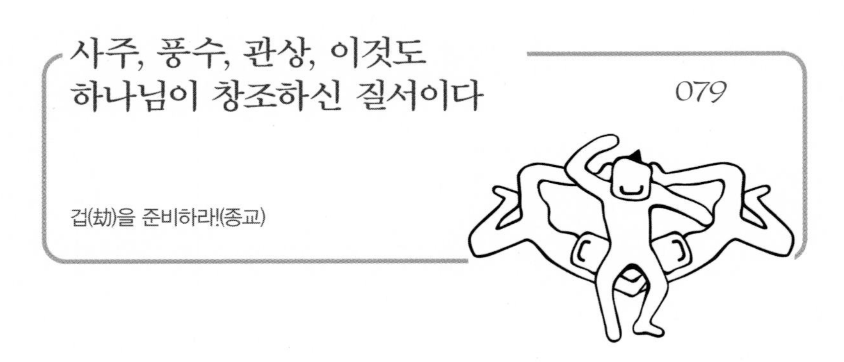

사업을 시작하면서 궁금한 것이 많아, 이따금씩 속칭, 점을 보러 다녔다. 어느 날 문득 사념(思念)에 잠기다 보니, 사람의 길흉화복(吉凶禍福)을 예지하는 점(占)이 어떠한 근거로 이루어지는지 궁금하였고, 또한 가끔씩 점을 봐주는 사람에 대한 불신이 느껴져서, 광화문 근처 교보문고에 가서 점서(占書) 십여 권을 샀다.

사무실로 와서 일과가 끝난 후, 저녁 8, 9시부터 새벽 2, 3시까지 상당 시간 동안 책에 빠져 공부를 했다. 많은 직원을 데리고 있다 보니, 임상 실험도 해보고, 전문가를 만나서 상담도 해보았다. 책을 보면서 미래를 예측할 수 있는 방법이 여러 가지가 있다는 사실을 알게 되었다.

몇 가지로 분류하면 다음과 같다.

1) 후손에 지대한 영향을 끼친다는 음택(陰宅)

2) 현세의 건강과 복에 영향을 준다는 양택(陽宅)

3) 생년월일시의 사주(四柱)로 풀이하는 명리(命理)

4) 얼굴과 몸의 색깔, 목소리를 가지고 예측할 수 있는 관상(觀相), 수상(手相), 이 밖에 별자리 등으로 인간의 길흉화복(吉凶禍福)을 예측할 수 있는 방법이 있다.

이 공부를 하고 난 후, 특이한 사실 몇 가지를 깨우쳤다.

첫째, 이 세상에 존재하는 모든 것들은 끊임없이 변하고 있다는 사실이다.

둘째, 같은 사안을 가지고 각각 다른 전문가(역술가 등)에게 물어봤을 때, 그들이 돌팔이가 아니라면 그들의 풀이가 거의 일치한다는 사실이다.

셋째, 첫째, 둘째에 대한 사실의 근원이 원기론(元氣論)에서 논하는 기(氣)와 일치한다는 점이다.

나는 기독교 신자로서 상당히 깊은 고뇌에 빠졌다.

내가 아는 기독교 신자나 목사님들은 이러한 사실들을 원천적으로 인정하지 않으려고 한다. 그러나 현실에서는 분명히 존재한다고 생각하였다. 인정하지 않는 것과 존재하는 것 사이에서 어떤 연결고리를 찾을 수 있을까 하고 수 년 동안 궁금한 상태에서 지냈다.

성경에서는 하나님께서 우주를 창조하셨다고 한다. 또한 지금도 하나님께서 존재하고 계시다고 말하고 있는데, 나의 의식 속에는 이것도 사실이다. 어느 날 밤, 성인이 된 딸과 산책을 하면서 나의 고뇌를 말했는데, 딸은 그 해답을 너무도 쉽게 알려주었다. 요한복음 1장 1절에 그 연결고리가 있었다.

"태초에 말씀이 계시니라. 이 말씀이 하나님과 함께 계셨으니, 이 말씀은 곧 하나님이시니라."라는 구절이다. 그 말씀이 동양 사상에서는 기(氣)에 해당하는 것으로 동, 서양에서 서로 표현만 다를 뿐, 그 내용은 똑같다는 생각이 들었다.

사랑은 하나님의 본체이고, 기는 하나님의 말씀이다.

하나님이 사랑이고 또한 기(氣)인 것이다. 즉, 사랑과 기, 그리고 하나님이 동일하다고 해석할 수밖에 없었다. 하나님은 놀라울 정도로 질서 정연하신 분이다. 한 치도, 일 분, 일 초도 틀림없이 정확한 질서로 세상을 창조하셨다. 수많은 사람들이 무질서하게 세상을 살아가는 듯 보이지만, 그 속에도 하나님의 정확한 질서가 숨어있다는 사실을 알아야 한다.

목사님들이나 기독교인, 과학자들은 과학적(수리적)으로 밝혀진 것만을 가지고 하나님의 존재와 그의 창조하심을 강조한다. 그러나 과학적으로 증명되지 않는, 또는 증명할 수 없는 심오한 동양 사상에 근거를 둔 동양철학 즉, 음, 양택(陰, 陽宅), 풍수(風水), 명리(命理) 오행(五行) 등에도 하나님의 질서가 숨겨져 있다는 사실을 인정해야 한다.

미국에서 성서학 박사를 취득했다는, 70세에 가까운 목사님과 동양철학에 대해서 논의한 적이 있었다. 그 분은 신약과 구약을 넘나들며 하나님의 살아계심을 설명해주었다. 관상과 명리에 대해서 의견을 듣고자 청하니, 논의 대상으로써 일고의 가치도 없다고 말씀하셨다. 물론 논의 대상이 아닐 수도 있다. 그러나 중요한 것은 학문의 한 분야로써 공부하고 임상실험 후에 논의 대상 유무를 말해야 한다고 생각했다. 이것이 논리 전개의 기본인 것이다.

예수님이 태어나기 전에 이루어진 동양 사상을 일고의 가치가 없는 학문이라고 단정적으로 말하는 것은, 어쩌면 아집이요, 독선이요, 상대의 인격을 모독하는 행위와도 같다고 생각한다. 그분이 상처받지 않도록 분위기를 부드럽게 하면서 말씀 드리니, 목사님은 완곡한 표현으로 사과를 하였다.

서로 상대의 마음을 이해하게 되어 같이 저녁식사를 하는데, 목사님은 경험상 풍수지리는 맞는 것 같다고 하셨다. 10년 전에 작고하신 목사님 부친의 묘를 이장하려고 보니, 시신이 하나도 부패되지 않고 물속에 떠있었다고 한다. 이장(移葬)할 때까지 목사님 집안에 험한 풍파가 많았는데, 이장 후에 풍파가 멈춘 것으로 볼 때 풍수에 관한 논리는 현실적으로 존재하는 것 같다고 하셨다.

인간의 한계로 어떻게 신이 만든 질서를 다 알 수 있겠는가?

석 달 열흘 주야로 기도한다고 길가에 있는 코스모스가 거목으로 바뀌는 것은 아니다. 하나님은 바늘 하나 들어갈 틈 없이 세상의 질서를 주관하시는 분이다. 인간이 기적을 만들려고 하지 말고 피조물답게 최선을 다하여 살아가면, 기적은 하나님이 만드시는 것이다.

서양으로부터 온 것만이 진리가 아니라, 동양으로부터 온 것도 진리이다. 동서양의 모든 것이 진리에 대한 논의 대상이 될 때, 진정한 진리를 찾을 수 있다.

성경에 기록되지 않았지만, 서양에서 온 미적분과 화학 반응식도 사실인 것처럼, 동양철학도 사실임을 인정해야 한다.

내 사주를 추적해가면서 살았다

080

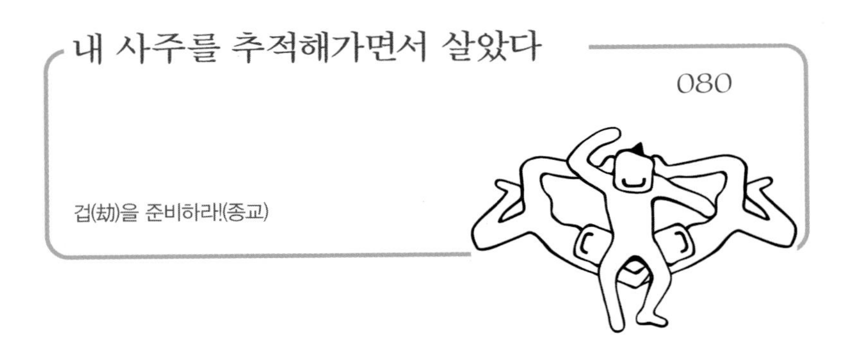

겁(劫)을 준비하라!(종교)

대한민국에서 다른 사람의 미래를 예견하여 상담을 해주는, 소위 점(占) 보는 것을 업(業)으로 삼고 살아가는 사람이 약 30만 명에 육박한다는 통계를 본 적이 있다. 어떤 곳을 가면 한두 달 전에 예약을 해야 만나볼 수 있는 사람이 있고, 어떤 곳은 하루에 한 명도 올까 말까 하는 점사(占辭) 집도 있다. 막연하게 한 집 당 백 명의 고객이 있다고 친다면, 평균적으로 볼 때 우리나라 성인은 대부분 다 간다고 추측할 수밖에 없다.

한 번밖에 살 수 없는 인생, 누구보다도 자기 인생이 가장 소중한지라 자신의 미래에 대해서 궁금해 하는 것은 당연지사일 것이다. 내가 경험한 바로는 탁월한 식견, 인품, 예지력 등을 모두 갖추고 남의 인생을 접근성 있게 예측하는 사람은 없다고 본다.

그 이유인즉 우주의 섭리, 하나님의 섭리라는 것은, 피조물인 인간이 전부를 알 수 있도록 만들어지지 않았을 것이라는 믿음에서이다. 이런데도 불구하고 사람들이 점사집을 찾는 이유는 과연 무엇일까? 인간이라면 누구나 세상을 살아가면서, 나름대로 의미 있고, 가치 있는 삶을 영위하고 싶은 욕망을 가지고 있기 때문일 것이다. 10년을 공들인 일, 또는 평생을 공들인 일이 하루아침에 아무 의미 없는 일로 판명된다면 얼마나 허무하겠는가? 의미 있는 삶과 가치 있는 삶을 위하여 모든 공력을 들였음에도 불구하고, 마지막에 효율적인 면, 능률적인 면, 명예와 가치 등으로 판단했을 때, 이 모든 행위들이 헛짓이라고 하면 얼마나 고통스럽겠는가?

이런 것을 인지하고 난 다음부터는, 헛발질을 하지 않기 위하여 소크라테스가 말한, '너 자신을 알라' 한 부분을 수행하고자 많은 공력을 들였다. 인간으로서 파악할 수 있는 범주 안에서 어떻게 예정되었는지를 알고자 했다. 분명 겨울이 오기는 오는데 더 혹독한 겨울을 피할 수 있는 방법, 즉, 사전(事前)에 나의 운명을 조금이나마 알고자 했던 것이다.

옛날 현자(賢者)들은 자기 유년의 사주(30년 주기, 10년 주기, 1년 주기를 통하여 자기 인생 전체 흐름을 파악한 내용)를 파악하고, 그때 그때마다 지혜를 다 동원하여 헛발질을 최소한으로 줄이고자 노력하였다. 그렇게 하는 것이 내 운명에 정해진 예정론을 변화시킬 수 있는지, 없는지는 알 수 없다. 다만 인생에서 최악의 상황이 언제쯤 올 것이며, 인생의 호황이 언제쯤 인지를 미리 파악하여 거기에 걸맞은 준비를 해가며 살아가는 것이 현자(賢者)의 자세가 아니겠는가?